アフリカから、あなたに伝えたいこと

革命児と共に生きる

島岡 由美子

かもがわ出版

はじめに

私が島岡 強《しまおかつよし》とともにアフリカに渡《わた》り、ザンジバル（タンザニア）を拠点《きょてん》にしてアフリカ独立革命という大義名分のもと、さまざまな実践《じっせん》をし始めてから三十余年が過ぎました。

島岡は、私に志とはなにかを教えてくれた人です。そして、奴隷《どれい》制度、植民地政策後も、援助《えんじょ》に名を借りた経済的植民地に陥《おちい》っているアフリカ諸国の真の独立と、人びとの自立を目指すアフリカ独立革命を志として掲《かか》げる革命家で、私は、彼《かれ》の妻となって久しい今も、彼の同志の一人です。

島岡の言う革命とは、武力闘争《とうそう》うんぬんということではありません。腰《こし》をすえてアフリカのことを考え、今現在、自分がしなければならないことを常に天に問いかけ、誰《だれ》に対しても一期一会《いちごいちえ》で接し、全身全霊《ぜんしんぜんれい》でまわりの人間と向き合う。そしてその時点で、一人ひとりが、地域が、国が、アフリカ全体ががベストの方向に向かえるよう、その時点で自分にできることから順に具体化していく。その気の遠くなるほど地味な日常の積み重ねこそが、私たちのアフリカ独立革命なのです。


といっても、よくわからない人の方が多いことでしょう。

島岡と出会った当時の私が聞いても、ちんぷんかんぷんだったでしょうから、ご安心を。なにしろ、私は、島岡と出会うまで、「自分の志」なんて考えたこともなく、「ねえ、カクメイジ、志ってなに？」という質問から始まったほどでしたから。


ご自身の志が明確になっておられる方がたには、さらにそれに向かってがんばる気持ちがわきますように、また、当時の私と同じく、「志ってなに？」的な方がたには、この本が、ご自身の志について考えるきっかけになりますようにという願いをこめて書きました。

アフリカからのこの想いが、あなたに届きますように。

大漁の日は、魚を求めてたくさんの人が船上に集まっているのですぐわかる。今日は、大漁だ！

■目次■

MAP OF AFRICA, TANZANIA

ウガンダ
ビクトリア湖
ブコバ
ナイロビ
ケニア
ルワンダ
ムワンザ
キリマンジャロ山
ブルンジ
アルーシャ
モンバサ
タンザニア連合共和国
ペンバ島
ザンジバル
タンガニーカ湖
ドドマ
ダルエスサラーム
ウングジャ島
コンゴ民主
共和国
ザンビア
マラウイ湖
ムトワラ
ナカパニャ
マラウイ
モザンビーク

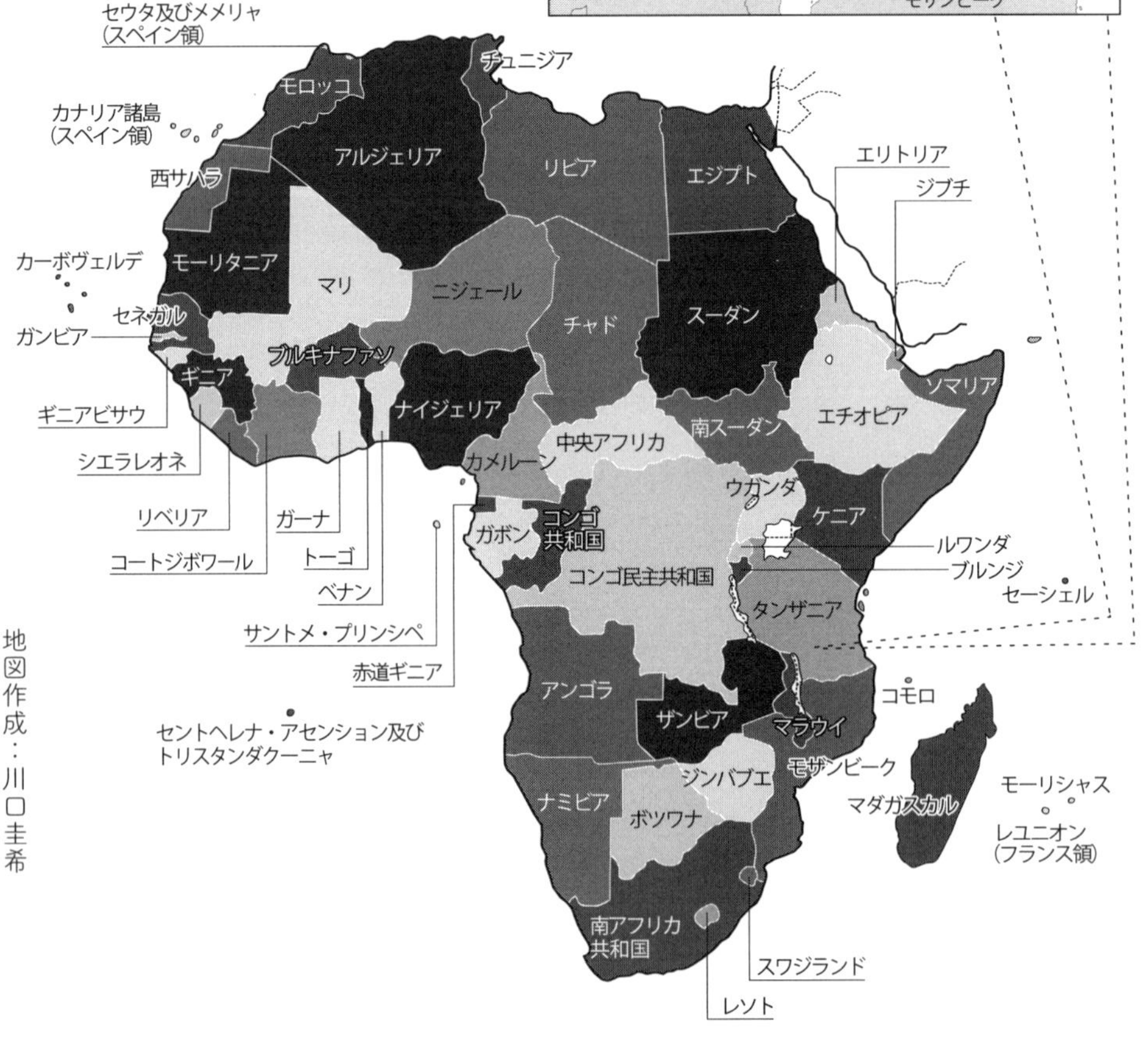

セウタ及びメメリャ
（スペイン領）
チュニジア
モロッコ
カナリア諸島
（スペイン領）
アルジェリア
リビア
エジプト
西サハラ
エリトリア
ジブチ
カーボヴェルデ
モーリタニア
マリ
ニジェール
セネガル
チャド
スーダン
ガンビア
ブルキナファソ
ギニア
ナイジェリア
ソマリア
ギニアビサウ
中央アフリカ
南スーダン
エチオピア
シエラレオネ
カメルーン
ウガンダ
リベリア
ガーナ
コンゴ
共和国
ガボン
ケニア
ルワンダ
コートジボワール
トーゴ
コンゴ民主共和国
ブルンジ
ベナン
タンザニア
セーシェル
サントメ・プリンシペ
赤道ギニア
アンゴラ
コモロ
ザンビア
マラウイ
セントヘレナ・アセンション及び
トリスタンダクーニャ
モザンビーク
ジンバブエ
モーリシャス
ナミビア
マダガスカル
ボツワナ
レユニオン
（フランス領）
南アフリカ
共和国
スワジランド
レソト

地図作成：川口圭希

アフリカから、あなたに伝えたいこと　革命児と共に生きる

アフリカの未来を担《にな》う子どもたち。

Their smiles make me happy!

革命児

出会い

「革命児」。私がはじめて革命児に会ったのは一九八二年の夏、北海道利尻《りしり》島のユースホステル（青少年のための手軽な宿泊所《しゅくはくじょ》）だった。島岡強という名前よりも先に、「革命児」というニックネームが私の頭に刻まれた。

背が高く、日本人離《ばな》れした長い手足に高い鼻、頭はアフロヘア、そしてなんといっても太くて濃《こ》い三角のかもめ眉毛《まゆげ》に、力強い視線を放つ鋭《するど》い目、背中に『革命児　強』、袖《そで》には『先憂《せんゆう》後楽《こうらく》』と金の縫《ぬ》い取りの入ったGジャンにぴったりしたGパン。一ホステラーなのに、いつもでかい声で皆《みな》の統制をとっている彼《かれ》は、今まで私が会ったいかなる人びととも異なった雰囲気《ふんいき》を放っており、とにかく圧倒《あっとう》的な存在感だった。

「革命児？」「なんなの、この人？」「なんだか怖《こわ》そう……でもみんなこの人のまわりに集まっているなあ」。これが私の革命児に対する第一印象だった。

島一周サイクリング、利尻登山などで、あっという間に日が過ぎ、私にとっての利尻島最終日に、ユースホステル主催《しゅさい》のイベント「ミッドナイト・ユースジャンボリー」が始まった。みんなで食堂の机やいすを全部どけ、広い板の間の部屋に参加者全員が集まり、適当な人数で車座になったとき、偶然《ぐうぜん》私は革命児のいるグループだった。みんなそれぞれ自分の主張や将来について熱く語ったり、誰《だれ》かが冗談《じょうだん》を言って笑い転げたりしていたが、内容はなにも覚えていない。

革命児が「俺《おれ》の志はアフリカの革命だ」「俺はもうすぐ日本を出て、革命に命をかける」と言っていたことだけ鮮明《せんめい》に覚えている。「そうか、この人はなにかが違《ちが》うと思ったけど、もうすぐ外国へ行って死んでしまう人だったんだな」と思った。革命児は、もっと志や革命について話そうとしていたが、ほかのホステラーたちは、革命児の言うことはもっともだけれど、革命とか志なんていう七面倒《しちめんど》くさそうなことを話題にするより、おもしろおかしく過ごそうよという雰囲気だった。私はもっと革命児の話が聞きたいなと思ったが、だまっていた。

利尻島での六日間、とくに行動を共にしたのではなかったはずなのに、「革命児」の印象は強烈《きょうれつ》に私の脳裏に焼きついていた。革命児はなんといっても、これまで会ったことのないタイプだったし、強烈な磁石のような力を発散しており、誰もが彼の存在を無視できないような個性的な存在だった。まわりの人が彼のことをどう思っていたかは関心がなかったので、くわしくわからないが、当時の私は、革命児と関わった人はみんな私と同じように、磁石にひきつけられるような感じを抱《いだ》いているのだろうと思っていた。とはいえ、恋愛《れんあい》対象ではないし、まさか彼についていくことになるとはこの時点では思いもよらず、「革命児とはもう会えないだろうな。なんと言っても革命で死んでしまう人なんだものな」と、自分とは遠くかけ離《はな》れた人だと思いながら島を出たのを覚えている。

革命児が十九歳《さい》になったばかり、私は二十歳、後数ヵ月で二十一歳になる年だった。

夏が終わり、旅で出会った者同士、写真や手紙の交換《こうかん》が始まりだしたころ、旅を終えた革命児は大学を中退し、実家のある横浜に向かった。その途中《とちゅう》、名古屋に住む私にも連絡《れんらく》をくれ、私は、旅仲間の一人として革命児と再会した。

そしてその年の秋、私は名古屋から友人四人と奈良へ小旅行、横浜に住む革命児の、父親の親友で奈良市在住の池内健次氏のところに読書指南を受けに行く日が重なり、どうせなら合流しようぜということで話がまとまって、電車の中での再再会となった。

友人たちは座席に座り、なぜかしら私と革命児は、名古屋から奈良までデッキに立ったまま話し続けた。

志

革命児の話には、「志」という言葉が何度も出てきた。

志という言葉はなんとなく知っていたが、自分の志はなんだろうなんて深く考えたことはなかった。

高校二年生のとき、担任の先生に「自分の進路を決めなさい」と言われて、初めて自分はどんな道に進もうかなと将来のことを考えたが、それは自分の志を追求するものではなかった。北海道で会ったときは、革命児がほかの人に話しているのを聞いていただけだったが、今度は、一対一だったので、なんでも聞けそうな気がした。

私が、「志ってなに?」と問いかけると、革命児は驚《おどろ》いたように私を見て、「俺にしてみれば、志があるから生きていけるんだ。志を持たずに生きていられる人間がいること自体が俺にはわからないなあ」と言ったが、「志とは、自分は、なにをするためにこの世に生まれてきたのか、世の中のためにいったいなにができるのかという自分への問いかけに対する答えだよ」と教えてくれた。

「革命児の志はなに？」と聞くと、「俺の志はアフリカ独立革命だ。俺はそのために天命を受け、生かされている」と言った。

私は当時、幼稚《ようち》園教諭《きょうゆ》になることが目標だったから、「じゃあ私の志は、幼稚園の先生になって、これからの日本を担う子どもたちを育てること。志ってそういうことでいいの？」と聞くと、「なんか安易な言い方だけど、まあ今はそれでいいよ。じゃあおまえは幼稚園の先生として、日本の子どもたちの教育を任せたぞ。アフリカのことは俺に任せておけ」と言って笑っていた。

私はそう言われて単純に喜び、志を持てた自分が、すごく立派な人間になれたような気がした。なにしろ志を語るなんていうのは、ものすごく大人のすることで、ややこしく難しいことだと思っていたし、「志」とは、自分がなんのためにこの世に生まれてきたかという自分への問いかけに対する答えであり、「志を持つ」とは、自分が世の中のためになにができるかを考えて、自分の道を決めることだという、革命児の明快な答えが、すんなり私の心の中に入ってきたからだ。

八甲田山《はっこうださん》

革命児の腕《うで》には大きな傷跡《きずあと》があった。「その傷どうしたの？」と聞くと、八甲田山で遭難《そうなん》したときの傷だと言い、こんな話が後に続いた。

「俺は、生まれたときから両親に、革命家として育てられてきた。しかし、一人分の飯しかないときに『さあ、おまえ食え』と言うことはできたが、俺が死ぬかこいつが死ぬかとなったときに『ああ、俺が死ぬから、おまえ生きろよ』と心から言えるかと考えると、自分の中に疑問が残った。でも、革命家として生きていくには、まったく自分と関係のない人のためにでも平気で命を投げ出す覚悟《かくご》がいる。俺がこれから本当に革命家として生きていくためには一度死にに行かねばならないと思った。そこで死ねば、天が俺を必要としないということだし、生きて帰れたなら、天が革命家として生きろと言っていることだから」

「そ、そんな。どうしてそこまで突《つ》き詰《つ》めなくちゃいけないの？」と私が驚いて聞くと、革命児は、「だから言ってるだろ。俺は革命家だからだよ」と言った。そのときの私には、革命家という言葉の意味がよくはわからなかったが、彼があまりにも当然のように言うので、「そういうものなのかな」となぜか私の心は素直にうなずいていた。

革命児が八甲田山に登ったのは、十七歳、高校二年の冬のことだった。登山経験などまったくないという革命児に、なぜ八甲田山を選んだのかと訊《たず》ねると、彼は明快にこう答えた。「映画の『八甲田山』を観て、ここなら確実に死ねるだろうと思ったからさ」

八甲田山の登りは、天気にめぐまれひどく順調で、革命児は一気に頂上まで登り、山の肩《かた》の避難《ひなん》小屋に一泊《いっぱく》し、明日は下山だけだと、持ってきた食料を全部食べたところまではよかったが、その深夜、すごい風と共に猛吹雪《もうふぶき》が始まり、翌日は一日動きを封じられてしまったそうだ。

下山予定日の朝になって、下山が遅れてまわりに心配をかけまいと無理に避難小屋の外に出たものの、前に差し出した自分の手も見えないほどの猛吹雪で、たちまち避難小屋への道は見えなくなってしまった。腰《こし》まで埋《う》まる新雪とポケットやファスナーの縫い目まで入ってくる粉雪と風の猛威《もうい》に、革命児はもはや歩くのは不可能と判断し、その場で手探りで雪洞《せつどう》を掘《ほ》り、その中にもぐりこんだ。革命児は雪洞と言ったが、雪になじみのないド素人が掘るものだ。よく聞いてみると、やっと人一人が横たわることができるだけのスペースで、入り口はザックでふさいだものの、隙間《すきま》風が入り放題のお粗末《そまつ》な代物《しろもの》だったようだ。

「聞こえるのは、ビュービュー吹き荒《ふあれ》れる吹雪の音だけさ。暖を取れるものはなにもありゃしない。仕方ないからビニールに自分のしょんべんを入れて素肌《すはだ》に抱《だ》いて暖をとったんだ」

そして革命児は、寒さ以上に激しく襲《おそ》ってくる睡魔《すいま》と闘《たたか》うために、自分の腕をナイフで切り裂《さ》いた。「切った瞬間《しゅんかん》は痛みで目が覚めるけれど、またしばらくするとふぅーっと眠くなってくる。だからまた同じところにナイフを突き立てて……」。そう話す革命児の左腕には、十五センチ以上もある盛り上がった傷痕《きずあと》があり、よく見ると、ひじに近い方は何度もえぐったらしく、ひきつれ痕が太くなっていた。私がなにげなく聞いた傷のいわれが、まさかこんなことだとは思ってもいなかったので、本当にびっくりした。

死と直面した八甲田山で一番つらかったのは、死の恐怖《きょうふ》でも寒さでも飢《う》えでも睡魔でもなく、「本当の孤独《こどく》」だったと革命児は言った。真っ白い雪に被いつくされた山の中で、雪と風のうねる音を聞きながら、彼は、今ここに誰かがいてくれたらと切実に感じたという。

「睡魔と幻覚《げんかく》で朦朧《もうろう》としていると、頭の中にいろんなやつの顔が浮《う》かんできた。そして、自分が一番嫌《きら》いだったやつの顔が浮んできたとき、こいつでいいから今ここにいてくれたらって、心から思ったんだ。だから俺はそのときのことを思いだすたび、人を大切にしなくちゃいけない、絶対に自分から人とのつきあいを切っちゃいけないって思うんだ」

そして九日目の朝、革命児は、このまま座して死を待つより、一か八かに賭《か》けた方がいいと考え、雪洞の外に出てみると、吹雪のあいだにちらりと避難小屋らしきものが見えた。半分幻想かと思いながらも力をふりしぼってその方向へ進み、やっとのことでたどり着いた避難小屋でシュラフにくるまって、夢と現の境をさまよっていたところへ、救助隊の方がたが駆《か》けつけてくださったそうだ。

「あのときは『助かった！』っていうよりも、『俺は生きた！』って感じだった。思わず『うわー！』とさけんで隊員の大沢さんに飛びついちゃったよ」

革命児が八甲田山に行ったまま、予定日になっても連絡がないという報《しら》せを受けた父は、革命児が本気で死に行ったことを悟《さと》ると同時に現地入りし、すぐ救助を要請《ようせい》したものの、冬山の大ベテランでも入山できないほどの猛吹雪が一週間続いており、救助隊も登山口で二日ほど足止めを食った。そして多少の天気の回復を待って救助隊が登ってきた、その日のことだったそうだ。

私は、初めてこの話を聞いたとき、ただただ呆然《ぼうぜん》として、革命児の話に聞き入るだけだった。冬山での遭難という体験に驚いたという理由だけではない。革命児が、人のために命を差し出すことができるかどうかという、革命家として自分の志の在り方を天に問うために自分の命をかけたということが、あまりにも強烈で言葉も出なかったのだ。

そしてまた、本当に命をなにかにかけた人が目の前にいるという事実が、自分の人生の中で、今まで受けたことのないショックをともなう圧倒的なできごととして迫《せま》ってきていた。ふつうなら信じられない話だけれど、それを目の前に突きつけられているのだから、信じるしかないということだったのだろうか。革命児の存在や話を「信じられない」「できっこない」という先入観から受け止めて、疑問や違和《いわ》感が先にふくらみ、その事実を受け入れ難く感じる人もいたが、少なくともそのときの私は、革命児の話に、いやその存在自体に圧倒され、疑問や違和感を覚える余裕《よゆう》さえなく聞き入っていた。

一方、革命児は、なんの気負いもなく淡々《たんたん》としていた。この話を聞きながら、私は今まで革命児を誤解していたと思った。彼が自己満足だけで革命や死といった言葉を使っているのではないことや、本気で世の中のためになにができるのかを考えていることが伝わってきたからだ。私にとって、八甲田山の話は、革命児理解と自分の心をふり返る原点となっている。

新生革命児誕生

革命児が八甲田山から生還してから十三年たって、私が初めてそのときの救助隊、青森山岳《さんがく》同人ヒマ山の方がたにお会いしたとき、小川隊長はこう言っておられた。

「あの日の夜、八甲田山の登山口である酸ケ湯《すかゆ》温泉で島岡君が言った言葉は、今も私の記憶に残っています。彼は、我々に向かってこう言い、深々と頭を下げました『俺は、自分がこれから本物の革命家として生きていくためには、一度死に行かねばならない。それで死ねば、天が俺を必要としないということであり、生きて帰れたなら、天が俺を革命家として生きろと言っているのだと思い、それを八甲田山にかけたのです。

八甲田山を心から愛する皆さんにとって、自分の存在意義を天に問うために、死を覚悟して山に登るというのは、山を冒瀆《ぼうとく》していると思われるかもしれませんが、自分としては、これしかやり方が見つかりませんでした。天と皆さんによって生かされたこの新しい俺の命を、必ず世界中の人びとのために生かすことを誓《ちか》います。本当にありがとうございました』」

一九八〇年一月。八甲田山で生死をさまよい、天によって生かされた、新生革命児誕生のときだった。

先憂後楽

喫茶店《きっさ》で、革命児は野菜サンドを注文した。北海道で誰かから、「革命児は野菜嫌いだ」と聞いたのをふと思い出し、「どうして革命児は、嫌いなものを無理して食べるの?」と聞くと、革命児はこう言った。

「俺はガキのころから野菜が大嫌いで、肉しか食わなかった。八甲田山で革命家として生きると再確認してからもそれをずっと続けてきた。しかし、世界中の飢えた人びとのことを考えれば、俺がやっていることは、はなはだ矛盾《むじゅん》している。こんなことでは民衆の立場にたった革命家になることはできない。そう思った日から、俺はいっさいの好物をやめて、嫌いな野菜だけを食べるようにしたんだ」

と言いつつも、「きゅうりだけはどうしても食べられないから食ってくれ」と、サンドイッチにはさまっているきゅうりをつまんで、私の皿に置くのでおかしかったが、数カ月後、初めて日本を出てソ連(現ロシア連邦)に向かうころには、きゅうり嫌いを残して、野菜嫌いは跡形もなく消えていた。

また、革命児は、「一日一食」を基本にしていると言った。

「アフリカの飢えた十億人の民をなんとかしようと志している俺が、飽食《ほうしょく》に慣れてどうする。平和な日本にいながらも、精神的にも肉体的にも常にハングリーな状態を保ち、志に向かって魂《たましい》を磨《みが》くことが大切なんだ」

革命児は、その日も、北海道で会ったときと同じ、袖に「先憂後楽」と縫い取りの入ったGジャンを着ていた。私は、革命児に会うまで、その言葉すら知らなかった。私がその意味をたずねると、革命児は、「世の中の誰よりも先に憂《うれ》い、世の中の誰よりも後に楽しむ。ただそれだけのことさ」とこともなげに言った。

また、革命児は話の中で、「志のために命をかける」「革命のために命をかける」という言葉を、なんの気負いもなく口に出していたが、こういう言葉ほど、使う人間の中身と言葉のギャップが如実《にょじつ》に現れ、それが本物でなければ、かえって人を白けさせる言葉はない。しかし彼の言葉は違った。

革命、志……それがなんだかよくわからなくても、革命児は「人のことをまず先に考え、人のために命をも差し出せる」覚悟で生きている人だということだけは、まっすぐ私の心に伝わってきた。なぜそれが伝わってきたのか、私にはよくわからないが、革命児は、後で私にこう言った。

「俺の言うことをまともに聞いて、正面から質問し、俺を理解しようとした女はおまえが初めてだ。今までまわりのやつらはほとんど、俺のことを変人あつかいしてきたからな」

先憂後楽、人のことをまず考え、人のために命をも差し出せる人がいる。とにかく、世の中にこういう人がいるんだという事実は、私にとって本当に衝撃《しょうげき》的なことだった。だからこそ、あの日、私はのめりこむように革命児の話を聞いたのだと思う。

そして、その「先憂後楽」をGジャンの袖に縫いこんでいたのは、革命児流のおしゃれなんかではなく、「自分自身を追い詰めるため」だと後になって知ったとき、革命児の真面目さというかストイックさに驚いた。

「不言実行、有言実行、人には、どちらのやり方もある。俺は口に出そうが出すまいがやるべきことは必ずやるし、やってきた。俺は革命家であり、先憂後楽の生き方を貫《つらぬ》く、そこにはなんの疑問も不安もない。だが、それをいつも着る服に縫いこんで、言葉をいつも背負っていれば、自分で自分を常に追い詰め、緊張感を持っていられる。そう思って縫いこみをしたんだ」

その後数年間のうちに、革命児のトレードマークだった刺繍《ししゅう》入りのGジャンは、いつしか見かけなくなってしまった。「そうやって言葉を背負って自分を追い詰めなくても、常にそうあることができるという自信がついた。俺にはもうあのGジャンは必要ないから、ほかのやつにくれちまったよ」。それを聞いたとき、私がほしかったのにな、という思いが横切ったが、だまっていた。

南アフリカ

革命児は、初めて会ったときから、「俺はとにかく人が人を差別することが許せない。まずは、南アフリカの革命に参加し、アパルトヘイト（人種隔離《かくり》政策）を打倒する。そして、それが終わればまた、ほかの国だ。アフリカ全土が植民地から本当の意味で独立し、飢える民のいない平和な国々にするのが俺の仕事だからな」と言っていた。

なぜ日本を飛び越《こ》えて、南アフリカなのか、差別と言えば、日本の中にだって部落差別、朝鮮《ちょうせん》人韓国《かんこく》人差別をはじめ、差別問題はあるのではないか。そんな私の素朴《そぼく》な疑問に、革命児はこう答えた。

「日本の中の部落や朝鮮人差別は、法律などではかなり改正されたが、人びとの心の中の差別意識は今も根強く残っている。いくら制度をかえても、人の心の中まですぐに変えることはできない。それには、何代も何代も歴史を積み重ねていくことが必要なんだ。

しかし、南アフリカには二十世紀後半の現在（一九八二年当時）でも、いまだに肌の色で住む場所も、結婚《けっこん》も職業も入るレストランまで、すべてが歴然と分けられてしまうアパルトヘイトという人種隔離政策が公然とまかり通っている。これは言ってみれば、形、枠組《わく》みだ。日本と違って、まだ制度としての差別が残っている。しかし、形あるものは必ず壊《こわ》れる。つまり、この政策・制度をまずぶち壊すべきなんだ。だから、俺は南アフリカの革命に照準をしぼっているのさ」

それは納得するとして、なぜ日本人なのにわざわざアフリカくんだりまで行かなくてはならないのか。日本で革命は必要ないのだろうか。

「今の平和ぼけした日本に、革命なんか必要ないさ。なぜなら、全国民が食えているじゃないか。いくら不況《ふきょう》と言っても、仕事だって職業を選ばなければ、すぐに見つかる。しかし、アフリカはそうじゃない。圧倒的な貧しさの中で、しかも働く場を探そうにも働く場がない、植民地から独立したと言っても、経済はすべて大国に牛耳《ぎゅうじ》られ、植民地時代に作らされた換金《かんきん》作物や鉱物資源などの原材料を安く買いたたかれ、逆に加工製品を高く売りつけられている。援助に頼《たよ》る以外、生き延びる道がない。アフリカ諸国での良い大統領の条件は、『どれだけ援助金をたくさんもらえるか』だ。アフリカ諸国すべてが、そういった援助に頼る姿勢から脱皮《だっぴ》したときにこそ、初めてアフリカが独立したと言えるんだ。それをやるために俺は生きている」

朝電車に乗って、夕方それぞれの目的地に向かうまで話をするうちに、私の中で「もっともっと革命児のことを知りたい。わかりたい」という気持ちがつのっていった。なぜならこの日の会話で、「この人は、革命のために命をかける人なんだ」ということがはっきりと伝わり、「この人はいつ死ぬかわからない。今このときしか話を聞けるときはないんだ」という気持ちでいっぱいになったからだ。

宿に着いて、待っていた友人に会うなり、「革命児は、もうすぐ死んでしまうんだって」と言って泣き出し、皆を心配させてしまったのも、このときだった。

私は翌日、一人だけ奈良旅行を取りやめ、大阪の本屋で革命児から教えてもらったばかりの『チェ・ゲバラ伝』と『ゲバラ日記』を探しまくり、そのまま名古屋に帰ると一気に読んだ。

そこには、私が育った平和な日本では考えたこともないような、搾取《さくしゅ》や貧困、そしてカストロを中心に立ち上がるキューバ民衆の姿があった。本を読んでいて、カストロやゲバラやカミーロたちが銃《じゅう》を持って行軍する中に、革命児の姿もまじっていて、「ザクッザクッ」という靴《くつ》の音が聞こえたのを今でも鮮明に覚えている。

ずいぶん後になって、あのとき一緒《いっしょ》に奈良に行った友人たちには、ずいぶんわがままをしてしまったなと反省したが、とにかくそのときは、「革命児のことをもっと知りたい、理解したい。でも彼はもうすぐ行ってしまう人だから、今しかない」という思いでいっぱいで、ほかのことを考える余裕などまるでなかった。

私がこのとき奈良に行ったのは、ごくありきたりの旅行だったが、革命児は、父親の親友であり、哲学者《てつがく》である池内健次氏から読書指南を受けるためだった。そのときの様子を、池内氏は後年、父修の死に対する追悼文《ついとう》『島岡を思う』の中でこう書いている。

「背中に大きな革命児と縫い取りをした服を着て、なんとも異様ないでたちだった。全身に昂然《こうぜん》たる精気がみなぎっていた。

親父が池内さんに教えを乞《こ》うてこいというので参りました、と言う。なんのことかと聞くと、世界には十億の人間が飢えて死にそうだというが、これを救いたい。どうしたら救うことができるか、教えていただきたい、という口上である。……どんな困苦欠乏《こんくけつぼう》にも耐《た》えることができる。命はいらぬ。死ねと言われるなら、今、この場でも死ぬ。十億の人間を救うにはどうしたらよいか、教えていただきたい、というのであった……。

飢えた人びとの多い大陸は、もちろんアフリカである。私は彼に儒学《じゅがく》や中国革命関係の本や、レーニンの帝国《ていこく》主義などを読ませたりしたが、そのうち彼は海外へとびだし、結局アフリカに住みつくことになった」


その後、手紙や電話のやりとりが続く中で、革命児のアフリカ行きが現実化していき、一九八三年の五月には横浜港からナホトカ行きの船に乗ることが決まった。

「シベリアを横断し、ヨーロッパを抜《ぬ》けてアフリカに入り、アフリカ中をまわって今の情勢をこの目で見てくるよ」。革命児は当然のことのように言っていたが、日本を出ようなんて思ったこともない私は、「革命児がいよいよ遠くかけ離れていくんだな」と感じていた。会うたび、話すたびに惹《ひ》かれながらも、一方では、「待つべき人ではない」「とにかく、革命児の言う一期《いちご》一会《いちえ》の言葉どおり、今しかないんだ」と無理やり思おうとしていた。

革命児大陸へ

一九八三年五月、晴天。十九歳の革命児は、勢いこんでナホトカ行きの船に乗りこんだ。米軍はらい下げの軍用コートをはおり、左足のももの上には、でっかいアーミーナイフを差し、百リットルの一番大きなリュックを背負い、いざ出陣《しゅつじん》という雰囲気をただよわせていた。

ビザ（入国査証）とかパーミット（滞在許可証）とか、外国のことなどなにもわからない。ナホトカまで三泊四日の食事代が船賃にふくまれていることも知らず、「三泊四日ぐらい飯食わなくたって死にゃしないさ」と言っていたので、世間知らずだった私は、そりゃ大変とばかり、当日名古屋からおにぎりを山ほど持参して横浜港に駆けつけた（結局、船の中は食事つきで、実に快適だったと後の手紙で知らされた）。

四日目にナホトカ港に着いた途端《とたん》に、税関でアーミーナイフは没収《ぼっしゅう》され、日本人に見えないということで、一人だけボディチェックを受けたものの、なんとか無事にソ連入国。「初めて大陸を踏《ふ》んだとき、『俺はこれでいつ死んでもいい』と思ったよ」（大陸からの第一便より）

革命児は、ナホトカからシベリア鉄道で北上し、ヨーロッパ全土をまわった後、ナポリから船でチュニジア入りした。アフリカ入り第一便にはこう書いてあった。「初めてアフリカ大陸を踏んだとき、全身が燃えあがり、奮い立つような気分だった」。そして、数カ月後、革命児のターゲットである南アフリカ入り。

南アフリカに入るにあたって、革命児は、カラード（混血）に見えるようにと、わざと髪《かみ》をちりちりのアフロヘアにし、思い切り肌を焼いて入国した。そして、案の定、レストランでも列車でも、ホテルでも、「カラードはここには入れない。あっちへ行け」と門前ばらいを食った。日本人であることを証明すれば、名誉《めいよ》白人あつかいになることはわかっていたが、あえてそうしなかった。

ある日、革命児の目の前で、黒人が白人の車にはねられた。白人は止まりもせずに走り過ぎていった。はねられた黒人は大量の血を流し、ぴくぴくと痙攣《けいれん》している。しばらくしてほかの黒人が数人物憂《ものう》げに集まって、彼を道路わきに運んだが、はねられた黒人は数分後に死んでしまった。しかし、黒人たちはそういったことに慣れているのか、彼を運ぶときも彼が死んだときも、誰も白人に文句をいうわけでもなく、かわいそうにとつぶやくわけでもなく、人一人が死んだのに、街はごくふつうに動いていた。

南アフリカを出る革命児から、こんな手紙が届いた。

「俺は南アフリカの実態を見、俺自身も差別を体験した。南アフリカは狂《くる》っている。黒人の命があまりにも軽んじられている。黒人たちもあきらめた表情をしている。人が皮膚《ひふ》の色で人を差別するなんて、そんなばかげたことが許されるわけがない。俺は南アフリカを出るとき、必ずアパルトヘイトをたたき潰《つぶ》すとあらためて誓《ちか》った」

私は、革命児が外国に行ってしまったら、手紙なんてほとんど来ないだろうと思っていたのだが、意外にも革命児は一カ月に二、三通のペースで手紙をくれた。私は革命児から手紙が届くたびに世界地図を広げては、「革命児は今ここにいるんだなあ」とあれこれ想像していた。

旅の話は楽しいだけではない。リビア国境でマシンガンを足元に連射され、エジプトでは睡眠《すいみん》薬入りの紅茶を飲まされて、意識不明になっているあいだに、有り金全部かっぱらわれた。ケニアのモンバサでは、ナイフを持った七人の強盗《ごうとう》と戦い血だらけでそのままナイロビ行きのバスに乗った。ソマリアの戦場ではスパイ容疑で捕《つか》まり、ライフルで発砲《はっぽう》され、軟禁《なんきん》された……。

前述の池内氏も、やはりこう書いておられる。

「そして遂《つい》に、約束の地アフリカ。しかし、アフリカの何処《どこ》に根を下ろすか。強君は、自分の根拠地《こんきょち》を決める前に……徹底的《てってい》に自分の目で見てまわった。彼独自のやり方だ。行く先々の街で、ぶらぶらしている若者たちの群れに入る。話を交わし、飲食を共にする。なにが出ても全部口に入れ、夜を徹してもつきあうのでなければ、友だちにはなれない。しばしば喧嘩《けんか》になる。

喧嘩になったら、絶対に負けてはならぬ……」

これが、革命児流世界のまわり方だった。

このときの一年半にわたるアフリカの旅を皮切りに、その後の五年間、革命児が日本にいる時期は短く、ライターをしながら世界五十四ヵ国をまわる旅が続き、世界中から届く革命児からの力強い世界情勢リポートが、名古屋で待つ私の心を支えてくれた。

結婚

革命児が世界をまわる旅を続けるあいだに、私は大学を卒業し、念願かなって幼稚園教諭となった。その後三年で勤めを辞め、一九八七年六月に入籍《にゅうせき》、その翌月からアフリカに渡り現在に至っている。

出会ってからの五年間、私たちはほとんど離れていながらも、手紙や電話を中心に交際を続けていた（インターネットを通してオンタイムで通信できる前のことだから、いつ届くのかもわからない手紙や、高い通話料がかかる国際電話でのやりとりだった）。

親やまわりもそれを知っていたが、どうせ遠く離れている人だからとそれほど心配していなかった。

私が革命児と一緒にアフリカに行くと言い出してからも、その本人である革命児自身は外国に行ったきまだし、今はそう言っているが、そのうち熱が冷めるだろうぐらいにしか思われていなかったからか、あまり誰からも将来について具体的に聞かれずにいた。

しかし、革命児が日本に帰国し、いざ結婚という段階になって初めて、周囲は私が革命児と結婚してアフリカに行くことを本気で心配し始め、誰もが急に具体的な質問をするようになった。

それまでの五年間、革命児の言う革命、志のことについて話を聞く分には納得できたが、具体的になにをしていくのかということは、私にはほとんどわかっていなかった。アフリカについて行こうと決めたものの、アフリカでどうやって生活していくのか、そういったことはなにも見えてこない。結婚する段階になっても、とにかくこれからアフリカに行って革命をするというだけで、それ以上なんの具体的な説明もなく、革命児からは、「おまえは俺という人間だけを見ていればいいんだ。俺がなにをやっているかなんてことは関係のないことだ。そのときなにをやっていようと、俺の根本は革命家なのだから」と言われるだけだった。

私の方は、五年間ずっと革命児からそう聞かされ続けていたし、革命の意味がよくわからなくても、志を持って先憂後楽、一期一会を基本とする革命児の生き方は絶対に正しいという部分だけは、諸手をあげて呼応できたので、それで充分《じゅうぶん》だったのだが、もちろんまわりは納得しなかった。しかも、私自身人からあれこれ聞かれると、たちまちしどろもどろになってしまう自分に気がつき、初めて私は、「革命児のこと本当はわかっていないのかな?」と不安になってしまった。なにしろ当時はなにも決まっていないのだから答えられるわけがなかったのだが。

そのうえ、「そんなふうで由美子自身は大丈夫《だいじょうぶ》なの?」とまわりから言われると、だんだん自分でも心配になってくる。それでも革命児と会い、話を聞けば、たちどころに「やっぱり革命児の生き方は正しい。私は絶対革命児についていくんだ」という結論にしかならないのだが、一人になってまわりからあれこれ言われると、また不安になって来る……そんなことの繰《く》り返しだった。私自身がこんなふうだったから、まわりは余計に気をもみ、「先のことがわからない人との結婚など考えない方がいいよ」と言った。

革命児と私の父が会ったときも、

父「君はアフリカに行くと言っているが、アフリカのどこに住むつもりなんだね？」

革命児「南アフリカの情勢が見渡せる南部アフリカのどこかに住むつもりです」

父「なぜ南アフリカの情勢を見渡せる場所に住むのかね？」

革命児「時機が来れば、南アフリカの革命に参加するためです」

父「君の言う南アフリカの革命とはどんなことなんだ？」

革命児「南アフリカの人種差別を打開するための革命です。アパルトヘイト打開のためには、南アフリカの黒人自身が立ち上がって革命を起こすしかありません。革命とはあくまでもその土地の民衆自身が起こすものだからです」

父「それじゃあ、君は、南アフリカに行って民衆を煽《あお》り、武力革命を起こそうというのか？」

革命児「いいえ、そうではありません。天の声が聞こえないときに、やみくもに南アフリカに行って騒乱《そうらん》を起こそうとするのは戦争屋のすることです。俺は革命家なので、まずは、アフリカ人のことを理解するため、アフリカのどこかに土着して、そこの国の貧しい、圧倒的多数の民衆が従事する第一次産業に就くことで、少しでも多くの人が働ける場所を作り、そこをアフリカの拠点として、しっかりした人間関係を築く中で、南アフリカの動向を見つめながら、時機の到来を待とうと思っているのです」

父「その時機とはいつのことだね？」

革命児「今はその時機がいつ来るかはわかりません。圧倒的に虐《しいた》げられた民衆たちが、死ぬか生きるかの瀬戸際《せとぎわ》になって立ち上がるときこそが、革命のときなので」

父「ところで、君には、第一次産業の経験はあるのかね？」

革命児「まったくありません」

父「資金は？」
革命児「たいしてありません」
父「それじゃあ、いったいどうやって生活していくつもりなんだ？」
革命児「自分の利益を求めず、アフリカの人びとのためにという志に沿って真っ直ぐに生きていけば、自然に天が味方して必ず道が拓けてくるものですから、絶対大丈夫です」
という具合。
すべてはアフリカに行ってからのことで、具体的なことはなにもはっきりしていなかったため、逆に父から、「俺は、父親として、おまえの結婚にどうやったら賛成してやれるんだ？」と聞かれるありさまだった。

革命児は、「男は志と一死あるのみ」の立場で話し、私といるときと同じように、「俺という人間を見ればそれで充分だろう。ほかになにをごちゃごちゃ聞く必要があるんだ？　だいたい俺には、どこにも不安な要素などないではないか。とにかく俺が大丈夫と言っているんだから、由美子のことは安心して俺に任せてくれればいい」という自信満々の態度だった。父は、相手の人となりもそうだが、娘《むすめ》の安定した生活についての具体的な説明を求めている。かみ合うわけがなかった。あいだに入っている私は、どちらの言い分もわかるので、すごく困った。そして、私自身、父を納得させるだけの説明ができないので、父に対してとても悪いと思った。そして、具体的に考え出すと、自分でも先が見えなくて不安になった。
それでも、いつも最終的には、革命児と一緒に生きていきたいという気持ちが、不安よりも勝った。

革命児は、その当時から、誰一人知り合いもいない、文化も言葉も違うアフリカに行っても絶対大丈夫という自信に満ちあふれていた。当時の私は、革命児の志に対して直感的に共鳴していただけで、それが実生活とどう結びついていくのか、皆目《かいもく》わからない状態だったし、革命児の自信が、志に裏打ちされたものだということも、さっぱりわかっていなかったので、革命児に会って、「俺を信じていれば大丈夫だ」と言われると、「そうだ、私は、とにかくこの人についていけばいいんだ」と思うものの、一人になって具体的に考え出すと、またわからなくなってくるということを繰り返していた。

結局のところ、具体的になにがわかろうがわかるまいが、そんなことは私にとって問題ではなかった。革命児の存在自体が、私をひきつける強烈な磁石だった。確固たる志を持ち、それに向かってまい進している革命児の姿が、私には誰よりも素敵に見えた。とにかく、革命児と会えば会うほど、話せば話すほど、「自分の人生で、こんなにも魅力《みりょく》のある人と出会うことは二度とない」、そのことが、自分の中で明白になっていった。革命児の話が聞きたい、言うことを理解したい、革命児のことをもっと知りたい、そして、一緒に生きていきたい……いつしか私は、革命児に、人間としても男性としても、強烈に魅《ひ》きつけられていたのだ。

それにしても、日本人である革命児がアフリカまで行っても、革命など起こせるのだろうか。毛沢東《もうたくとう》もレーニンも、カストロも、ホー・チ・ミンも皆、自分の祖国のために立ち上がった。唯一《ゆいいつ》ゲバラだけが、自分の祖国（アルゼンチン）ではなくキューバでカストロと共に革命を起こし、その後もコンゴに渡り、最後はボリビアで果てたが。だいたいそんなことよりなにより、私には、革命といえば武力革命というイメージしかなかったし、革命家ってどんな仕事をする人なんだろうと、まったく見当がつかなかった。

革命児の言う革命とは、私が初めに想像したような、自ら立ち上がろうとしていないアフリカ人を煽り、武力闘争《とうそう》へ導き、自分もアフリカ人と一緒にその闘争に参加して死ぬといった、そんな単純なことではなかった。もっともっと大きな視点に立って、腰をすえてアフリカのことを考え、今現在、自分がしなければならないことを常に天に問いかけ、誰に対しても一期一会で接し、全身全霊でまわりの人間と向き合う、そしてその時点で、一人ひとりが、地域が、国が、アフリカがベストの方向に向かえるよう、その時点で自分にできることから順に具体化していく。その気の遠くなるほど地味な日常の積み重ねこそが、革命児のいうアフリカ独立革命そのものであり、池内氏の言葉を借りれば、「アフリカの飢えた人びとを救うには、仲間として彼らが自分で自分を救う手伝いをするしか、道はない」というスタンスに行き着くことになる（それがわかったのは、何年も後のことだったけれど）。

強硬《きょうこう》に反対していた私の父も、「俺を信じて由美子を俺にください」という革命児の一言が決定打となり、最後には「娘をよろしく頼みます」と応えた。それは、志だけで生きている革命児が、私の父をその志だけで動かした日だった。

一九八七年六月一日、入籍。

私はこの日から、革命児を、島岡さんと呼ぶようになった。

私たちの新婚生活は、横浜から始まった。

結婚前、島岡が、「一期一会で人とつきあう」「革命家たるもの、来るものは拒《こば》まず、去るものは追わずだ」と言うのを聞いて、頭の中では納得できたし、すごくいいことだと思った。それに、それまでの人生で、自分に対して本気で毎回毎回一期一会で接してくれる人なんていなかったから、それを島岡の私だけへの特別な接し方だと思っていた。それが、大きな間違いだということに気づいたのは、横浜に行ってすぐだった。

島岡は、誰に対しても、一期一会でとことん接する人だった。そして、結婚したとたん、問答無用で私も島岡と共に、人を受ける側に立たされることになった。つまり、今までは自分も彼にとって、「来る者」の一人だったのが、結婚したことによって、私は「来る者を拒んではいけない」立場になってしまったのだ。

結婚してすぐから、島岡の友人たちは毎日のようにやってきて、夜中まで語りあい、当然のように泊《と》まっていった。私はそのたびに、階下に住むおばあさんの部屋に行って、「すみません。今日も友だちが泊まっているので、ここで寝《ね》かせてください」と頼み、持参した寝袋《ねぶくろ》に入って眠った。「どうして妻である私が、こんなところで寝袋で寝なくてはいけないんだろう」と大いに疑問だったが、泊まりに来ている人たちにとっては、それがいかにも「島岡らしく」「革命児的」として違和感なく映るらしかった。

島岡の友人たちは、皆一様に、「本当に島岡と結婚したの？ 大丈夫？」と聞いた。「島岡といえばとにかく女を寄せつけない」ことで通っていたので、島岡の結婚は、想像を絶することだったらしい。だから、島岡は一生独身だと誰もが思っていたところに、二十三歳という若さで結婚してしまったのだから、皆の驚きは大変なものだったようだ。

私は、島岡がけた違いの人だと頭の中では理解しているつもりだったが、そういう人と実生活を共にすることの意味がまったくわかっておらず、安易に自分の〝夫〟と考えていたのが間違いだった。今だから白状するが、私は島岡との新婚生活が始まったばかりのそのとき、全然

「大丈夫」ではなかった。なにしろ島岡との生活には、まったくプライバシーがないし、仕事と家庭の区別が全然ないので、「どうしよう。やっていけるかな」と思うことの連続だったのだから。

しかし、そのときは、まさか誰も知り合いのいないいないアフリカに渡ってから、横浜時代の何倍もの人攻《ぜ》めにあうとは知る由《よし》もなかった。

（上）タンザニアの初代大統領ニエレレは、南アフリカのアパルトヘイト打倒のため、国を挙げてマンデラをサポートした。
「レインボー・ネーション」ティンガティンガ・アート　byアブダラ
（下）ザンジバルを拠点に決め、漁業を始めたばかりの頃（1988年）
Photo by 長尾迪

アフリカ入り

カルチャーショック

一九八七年七月十二日、島岡ケニア入り。

一週間遅《おく》れの七月十九日、私もリュック一つでケニアのジョモケニアッタ空港に到着《とうちゃく》。そこには、テレビで見る動物とサバンナの国ではなく、黒人の住む街ナイロビがあった。

初めの二カ月、まずは私がアフリカに少し慣れるまでということで、ケニアですごしたのだが、わけのわからないままついてきてしまった私は、自分の意志というものをすっかり忘れて依存《いぞん》するばかり。言葉もわからず一人で外を歩くのも怖《こわ》い、という、本当に情けない状態で、自分がいかに通用しない人間かということを、嫌《いや》というほど実感した時期だった。

アフリカに来るまで、私はアフリカについて具体的にイメージしたことがなかった。島岡の行くところがアフリカだったから来た、という、ただそれだけだった。

自分からアフリカに行ってみようと思う人は、自分で情報を集めたり、いわゆるアフリカらしさといったものを自分の中でイメージしながら来るのだろうが、私の場合、アフリカについては本当に真っ白な状態で、なにも考えずに来てしまったので、カルチャーショックは強烈《きょうれつ》だった。

まず、街を歩く黒人の黒さにびっくり、歯が真っ白でとても美しいことにびっくり、そしてその歯がすごく丈夫《じょうぶ》で、コーラ瓶《びん》の栓《せん》まで歯でガキッとあけてしまうことにびっくり。窓は破れ、スプリングは飛び出し、ドアは中から押《お》さえてないと開いてしまうようなポンコツ車。足が萎《な》えていて犬のように路上を手で這《は》いながら車番の仕事をしている人、赤ん坊《ぼう》を抱《だ》きマラカスを鳴らしながら、細くて高い声で歌いながら物乞《ご》いをしている目の見えないおばさん、観光客に群がる物乞いの子どもたち……。

そして、あちこちの店や、人をぎゅうぎゅうにつめて走るマタトゥ（乗合バス）からボリュームいっぱいに聞こえてくる、弾《はじ》けるように明るいリンガラミュージック、そしてなんとなく物《もの》憂《う》げなレゲエミュージック……。

すべてが日本とはまったく異質だった。

私がこの時期、なによりもなじめなかったのは、キオスクと呼ばれる安食堂での昼食だった。穴ボコのトタン屋根が辛《かろ》うじて乗っている掘《ほ》っ建て小屋の中は、煤《すす》で真っ黒（小屋の中で炭や薪《たきぎ》を使って料理するため）、前の人のこぼした汁《しる》で汚れた板の乗っているテーブル、皮も剥《は》いでない丸太のままころがされているだけの椅子《いす》、アルミ製でベコベコになった汚い皿、片隅《かたすみ》にはくみおき水の入ったドラム缶《かん》、汚れた皿がそのまま突っこまれてるバケツやたらい、いちいち洗いもせずに出される欠けたコップで、一杯《いっぱい》の水をまわし飲みしている人びと、汚れた手を平気で皿が入ったたらいに突《つ》っこんで洗っている人……。

初めてキオスクに連れて行かれ、日本の三倍くらいある山もりのンゴンベ（肉と野菜のごった煮《に》）を目の前にドーンと出されたときは、「どうしよう！　とても食べられない」と心の中で泣きそうになっていた。

島岡は、「やっぱりケニアはンゴンベとウガリだよな」（ウガリはケニアの主食でとうもろこしの粉を熱湯で練ってつくる料理。ソバガキに似た風味、甘《あま》くないかるかんといった感じもする）と言いながら、とてもおいしそうに、まわりのケニア人たちと楽しそうにしゃべりながら、器用に手で食べている（東アフリカでは、今も手で食べる習慣が各地に残っている）。

島岡は五年間の旅のあいだ、いつも一日一回だけの食事、その一回の食事も、最も貧しい人たちの行く安食堂で最安の食事をとりながら、その国の人たちと話をする中で、その国の民衆の様子を知っていったという。そして、彼《かれ》の信条の一つとして、出されたものは、どうしようもないときをのぞいて、必ず全部食べるということがある。

「食べ物を残すなんて、飢《う》えていない人間の傲慢《ごうまん》だ」

そういう島岡と一緒《いっしょ》に入った食堂で、私が食べられないなんて言ったらおこられるに決まっている……私は観念して食べ始めた。だが、店と食器の汚《きたな》さに圧倒《あっとう》され、味わう余裕《よゆう》などまったくなかった。また、そんな気持ちで食べているので、喉《のど》にもうまく通らず、結局残しておこられることになった。

当時の日記には、こんな泣き言ばかり書いていた。

「今日も一時になったら、あのキオスクに行かなくちゃいけない。『食べなくちゃ』と思うとすごく緊張《きんちょう》してしまう。本来食べるのが大好きなんだけど、今は『食いに行こうぜ』と言われるとびびってしまう。……早く慣れたいなあ」

ページをめくるたびに、あのころの情けない自分の姿がよみがえってくる。

私たちは、時間を逃《のが》すとお湯シャワーが浴びられないようなナイロビのダウンタウンにある安宿に泊《と》まり、島岡は毎日私を連れて、ナイロビの下町を歩いた。

日本でごく平凡《へいぼん》に育った私にとっては、黒い肌《はだ》の人たちがいるだけで異質な感じがしたうえに、旅行者がほとんど行かないようなダウンタウンを歩くのだから、どこを歩いていても怖くて仕方なかった。そのうえ、「ぼやぼやしてたら、ひったくりにあうぞ」「後ろから靴音《くつおと》がしたら、必ずバッグを押さえろ」と指示されるものだから、ますます萎縮《いしゅく》してしまい、島岡にぴったり寄り添《そ》ってしか歩けなかった。

当時のナイロビの下町では、どこを歩いていても「ジャンボ！」（こんにちは）という声が飛んできた。私は、「スワヒリ語」という言葉があることすら知らないほどのアフリカ音痴《おんち》、島岡は「スワヒリ語で挨拶《あいさつ》できないなら、ハローぐらい言えよ」というのだが、そのハローの一言さえも恥《は》ずかしくて、どうしても口に出せない自分がいた。

私たちと同じ安宿を定宿にしていた、マラヤと呼ばれる娼婦《しょうふ》たちは、その宿で自炊《じすい》し、夕方の出勤までの時間を、そこでとりとめもないおしゃべりをしながら過ごしていた。彼女《かのじょ》たちのあいだでも、私のいじいじした態度が話題になっていたようで、島岡が通ると、「ユア・ワイフ・セイズ・ゴニョゴニョゴニョ（あんたの奥《おく》さんは、ごにょごにょしかいえないね）」と、私のまねをして笑っていた。

スワヒリ語に関しては、島岡自身も、当時はまだ挨拶程度だったから、英語で人びとと話していた。島岡の話す英語は、文法はおかしなところがあるが、相手に意志を伝えようとする心意気で、相手を納得させてしまう感じだった。

「俺《おれ》たちは日本人だ。母国語の日本語はきっちり話せるんだから、外国語である英語が少々うまくなくたって、恥ずかしがる必要などないんだ。ケニア人だって、民族の言葉、公用語のスワヒリ語のほかに英語を話そうとしているんだぜ。同じ立場じゃないか」

「言葉は、相手とのコミュニケーションの手段だ。大切なのは上手い下手じゃない。相手の言うことをどれだけ理解しようとし、また、相手にどれだけ自分の気持ちを伝えることができるかがポイントだ。とにかく誰《だれ》とでもいいからしゃべってみろよ」と私に言った。

私は、英語を読んだり書いたりはそれなりにできるが、聞き取りができず、話せないという、当時の日本の英語教育の結果にごく忠実な典型的日本人だった。

島岡は、すぐにでもナイロビの街を離《はな》れて、まずはケニア国内をまわりながら、アフリカに慣れていく方法と、ナイロビ市内の英語学校にでも行きながら、英語と街に慣れてから出発するかの二つを私に提示しながらもこう言った。

「俺は、英語学校なんかに行っても意味ないと思うが、おまえの好きにしろ」

私は、自分がアフリカになじめないのは、言葉の問題が一番の原因だと思っていたから、迷わず英語学校に行かせてほしいと言い、一ヵ月間、午前中二時間だけの英語学校に通うことにした。

ということで、私は翌週から一人で、一番宿に近いグラフィンカレッジに通うことになった。サリーを着たインド人の中年女性が先生で、私は初歩コースを選択《せんたく》したので、授業の内容は、日本なら中学一年生で習うようなことばかりだった。読み書きだけはたたきこまれている日本人の私には簡単なことばかりだったが、文法を習うのは初めての生徒が多く、皆《みな》黒板を読むことや、ノートに書くことに四苦八苦していた。

インド人の先生のやる気のない授業はまったくおもしろくなく、島岡が言ったとおり、英語は全然上達しなかったが、めちゃくちゃな英語でも気にしないでいられるクラスの人たちとの雑談が楽しくて、それだけのために一ヵ月通ったという感じだ。

そして、もうひとつ、この午前中の数時間が、唯一《ゆいいつ》島岡と離れている時間だということが、私にとっては大きな意味があった。

アフリカに来た私は、あれもできない、これもできない、できないづくしで、なにもかも島岡に頼《たよ》らないといられない自分を発見した。喧嘩《けんか》をしていても、ホテルで一人残されることが怖くて、結局島岡について外に出る。外を歩けば歩くで黒人が怖いから、頭に来ているのに、島岡に寄り添わなくては歩くこともできない。

アフリカでしょっぱなから挫折《ざせつ》感を味わっている私とは反対に、島岡は、肌の色も言葉も文化もまったく違《ちが》う人びとの中で、本当にいきいきとすごしていた。

「島岡さんは、アフリカに来て本当に輝《かがや》いている。日本で住むことはこれから先ないだろうと、変に実感させられる。そして、その輝きを隣《となり》で弱くしているのが、今の私」（当時の日記より）

その当時、島岡はなにをしていたのかと言えば、ナイロビの街中を歩き、ダウンタウンを歩き、人びとの様子を見、安飯屋で食事をし、人びとと話していたということにつきる。そして、その中からケニアを、アフリカの人びとの考えをつかもうとしていて、その中からなにができるか、なにが必要かということを真剣《しんけん》に考えているようだった。


ナイロビで会ったほかの日本人は、もちろん私よりみんな英語はできるし、一人で世界各国を旅している猛者《もさ》ばかり。しかし、ほかの日本人と会ったときに、その人がなにができてもできなくても、さほど気にならず、彼らと話しているときに、自分がひどい劣等《れっとう》感に陥《おちい》ることはなかった。彼らはあくまでも自分と同じ匂《にお》いを持った日本人だったし、いくらナイロビでの生活に慣れている人たちであっても、彼らはアフリカの中において、あくまでも日本人だったから。

たとえば、日本人同士で話しているときに、ケニアの人の家に行ったという話題が出る。そういうとき、ケニア人がどんな家に住んでいたとか、出された食事がどうだったとか、どんな家族構成だったかとか、どういう親切を受けたかとかに焦点《しょうてん》があてられていたし、なによりも、ケニアの人の家に行ったことで、自分が少しアフリカに入りこめたようでうれしいといった雰囲気《ふんいき》で話が進んでいった。私は彼らの話を聞いて、うんうんとうなずきながら、自分と同じような感覚なので安心した。アフリカの人と親しそうに話している人でも、ケニア人と一緒に暮らしている人でも、私から見て、彼らは日本人のままだったし、日本人なりに少しでもアフリカに入りこもうとしているように見えた。

しかし、島岡にはどうやってアフリカに入りこもうかという感覚などまるでなく、彼にとって自分がアフリカにいることは当たり前のことで、アフリカの現状や人びとの暮らしを改善するにはどうしたらいいのかというところにばかり考えがいくので、私には大きな違和《いわ》感があった。そしてその違和感が、ときには私をいらだたせ、ときには私をひどく落ちこませた。

働く場

ケニアでは、どんな安宿でもアスカリと呼ばれるガードマンが常備している。とにかく窃盗《せっとう》が多いからだ。

ガードマンのマスーディは、ウガンダからの出稼《かせ》ぎ労働者。安宿のガードマンだから、給料も雇用《こよう》条件も最低だ。宿の給料だけではとても生活ができないので、常泊《じょうはく》している娼婦たちの服をたらいで洗って、生活の足しにしていた。ふだん、そんな彼に声をかける人はほとんどいなかった。娼婦たちは、マスーディを自分たちより低く見なしているから、平気で汚れたパンティまでマスーディに放り投げ、洗わせていた。

彼の楽しみは、一日一回、ウガリとスクマ（ほうれん草に似た青菜の煮こみ料理）を自分で作って食べること。それでもウガリ代にこと欠く日は、食パンと水だけでしのいでいた。そんなマスーディだったが、唯一島岡とだけはとても楽しそうに話していた。自分用に作った一日一回のウガリを、一緒に食べようと何度も私たちの部屋まで島岡を誘《さそ》いに来た。

なにが違うのかそのときはわからなかったが、私もふくめて、まわりはマスーディを貧乏人《びんぼうにん》のウガンダ人という目でしか見ていなかったのに、島岡はマスーディの職業とかなんとかをいっさい取りはらって、一個の人間として見ていたのだと思う。

その違いが、ほとんど誰からも相手にされずにひどく貧《まず》しい暮らしをしていたマスーディには、本能的にわかったのだと今は思う。

マスーディには、たとえ最低賃金であっても、とにかく働く場があったが、ナイロビにはいたるところに職にあぶれた人たちがあふれていた。汚れた背広を着ている人たちが、昼食時になると、街の中心部の公園をはじめ、街のあちこちで昼寝《ひるね》をしている姿があった。私は、昼から芝生《しばふ》で昼寝なんて、気持ちよさそうだなぐらいのものだったが、島岡にこう聞かされて驚《おどろ》いた。

「彼らがどうして昼寝をしているかわかるか？　彼らには昼飯を食べる金がないんだよ。ここでは、マスーディのようにいくら最低の労働条件でも、職があればまだいいほうなんだよ」

職がなくて街をさまよっているのは大人たちだけではない。貧しい家の子どもや孤児《こじ》たちも街に来て、新聞売りをやったり、靴磨《みが》きをしたりしていたが、そのうちの多くはストリートチルドレンと呼ばれる浮浪《ふろう》児になっていた。

ナイロビの街を歩くと、必ずぼろぼろの服を着た子どもたちが、「一シリング、一シリング」（一シリングちょうだい）と言って手を伸《の》ばしてきた。子どもだからと思って油断していると、ポケットを探る子までいた。

アフリカに着いて一カ月後、キオスクの安食堂で、初めて日本人女性の宮城裕見子さんに会った。なんでも「革命児が三度目のナイロビ入りをした」という噂《うわさ》を日本人旅行者やケニア人から聞き、「革命児と会いたければ、昼にキオスクに行けばいい」と言われて興味を持って会いに来たと言う。

「私は、ナイロビに着いたその日からすっごく元気になれたの」

「私、アフリカが大好き」

……宮城さんは、一つひとつの言葉も表情もピカピカ輝いていて、本当に素敵だった。私なんて一カ月経っても全然元気になんかなれないのに、宮城さんは着いたその日から元気になれたなんてすごいなあと思った。そして、山盛りのウガリをほんのちょっぴり食べて、「もうお腹いっぱいだからのーこそっ」と明るく言ってニコニコしていたのを見て、とてもうらやましかった。

その宮城さんが、島岡にこう聞いた。

「ねえ、革命児は、ストリートチルドレンにお金をあげることをどう思う? 私はかわいそうで、ときどき思わずポケットの小銭を渡《わた》したりするんだけど、きりがないし、それがいいのかわるいのかもよくわからなくて悩《なや》むんだけど。私にとって、アフリカを旅していていつまでたっても慣れることができない現実が、このストリートチルドレンの存在なの」

島岡は、「俺は子どもたちにも物乞いのやつらにもいっさい金を渡さない。誰かにやると、もらえなかったやつらに対して不公平になるから。一時的な同情やあわれみは、人を救わないし、彼らの乞食根性を増長させるだけだ。気まぐれにストリートチルドレンに金をやったって、彼らの生活はなにも変わらないんだよ」と言った。

宮城さんは、「そうか、そうだよね。その場だけの同情はやっぱりなにもならないんだよね」と言いつつも、「でも、なにがしかもらった子どもたちは、少なくともその日は食事らしきものがとれて、飢えをしのげるわけだし、三つぐらいの小さな子どもだっているでしょう……」と少々不満げだった。そんな宮城さんに向かって島岡はこう続けた。

「ギリギリの線上で生きている貧しいアフリカ人はいっぱいいるさ。でもそういう連中がかわいそうだからって、外国人がよく考えないで『与《あた》えることの悪』の方が大きいのさ。そんなことよりも、なんとかアフリカに働く場を作って、貧しい人びとが働き、自分たちで家族を養っていけるようなしくみを作り出していくことが大切なんだ。

援助やめぐんでもらうことに慣れきったアフリカ人が、乞食根性を捨て、対等な同じ立場の人間として働いて自立する。自分で働いて生活し、家族を養い、自分たちで生活を向上させる。俺はそういう実践《じっせん》力のあるアフリカ人を育てる手助けをしたいんだ」

「でもアフリカの人びとの自立を助けるってどうやって？」

「俺はまずアフリカのどこかに土着して、第一次産業を始めるつもりだ。農業か漁業をやって、やる気のあるアフリカ人の働く場を作ることから始める。まずは、飢えをなくすことさ。いいものを着たいとか、いい家に住みたいとかへったくれだのというのは、そのあとのことなんだよ」

宮城さんは島岡の言葉に圧倒されながらも、「そうか……そうだね。ストリートチルドレンにたまに小銭をあげたって、たしかに根本的な解決にはならないよね。結局そうすると自分がいい気持ちになるから、それはきっと一時的な自己満足なんだね」と言った。

宮城さんの質問は、そのまま私の疑問でもあった。私もナイロビに来て、どうしていいのか一番わからなかったのが、乳飲《ちの》み子を抱《かか》えた盲目《もうもく》のおばさんや、まだ物心つかないような小さな子どもが小さな手を差し出し、物を乞う姿だった。島岡は初めから、物乞いに物をやることはよくないと言っていたから、私自身はなにも渡したことがなかったが、私も宮城さんと同じ様に「でも……」という気持ちを持っていた。

宮城さんからの質問に対して、明確に答える島岡を見ていて、なるほどと思いながらも、そこまで言い切ることもないんじゃないかとも思ったが、宮城さんが最後に言った、「それはきっと一時的な自己満足なんだね」という素直な言葉が、私の心にすんなり入ってきた。

島岡はその日、私に向かって、「アフリカ人は、俺たちが考えているほど甘くないよ。物乞いの人たちだって社会を作って助け合って生きているんだ。今ここで目の前の子どもに金をやることよりも、彼らが大人になったときに働く場所のある社会を作ることの方が大切なんだ」と言った。

そのときはなんのことかわからなかったが、物乞いの人たちにもそれぞれのテリトリーやルールがあって、決して一人で生きているのではないらしいと、だんだんわかってきた。ナイロビの街を毎日歩いていると、たいてい同じ場所に同じ人がいる。両手両足が萎えている人が、どうやって移動しているのかずっと疑問だったが、毎日同じ時間になると、ほかの仲間にみこしのように運ばれてきて、いつもの場所に座り、食事どきには仲間からの差し入れが来ることがわかった。盲目のおばさんの赤ん坊が、いつまでたっても大きくならないこともわかってきた（かわいそうに見えるように、常に乳飲み子を借りているのだ）。

物乞いにも親方がいて、女物乞いが一同に集まって、親方が集金した金を分配している場面に遭遇《そうぐう》したこともある。子どもたちは元締《じ》めや親に管理されている場合が多いようだ……。

アフリカも、アフリカ人も甘くない。絶対的な貧困の中には、どんなことでもして生きるという、私たちの世代の日本人にはないたくましさがある。表面だけ見て、かわいそうだと言っているだけではなんにもならない。それに気がついたとき、日本で何度も島岡から聞いていた「アフリカに渡って働く場を作る」という言葉が、初めて身近に感じた。

でも、いったいどうやって……？　それはまったくわからなかったけれど。

マンダジの思い出

ケニアのマラソンランナー、ベンソンと知り合ったのは、ナイロビの下町バーの代表、グリーンバーの片隅だった。翌日がオール・アフリカン・ゲームのケニア代表を選ぶ大事な選考会だというのに、島岡と飲むうちに意気投合し、私たちがいくら明日のレースに備えて早く帰った方がいいと言ってもなかなか帰らず、結局彼がグリーンバーを出たのは夜中の二時をまわっていて、翌日のレースでは当然ながらいい成績を残せなかったようだ。そのときから、ベンソンはよく私たちの宿に遊びに来るようになり、毎日のように会った。そして、一緒にご飯を食べたり、飲んだりするときの費用はいつも島岡持ちだった。

ある日、電車でモンバサに行くという話をしたら、ベンソンもモンバサの親戚《しんせき》の家に行くと言い、結局ナイロビ駅で待ち合わせることになった。私はそのやりとりを聞いていて、ベンソンは島岡のお金をあてにして、モンバサ行きに便乗したいのだと思った。

しかし、出発当日、ベンソンは、自分の切符《きっぷ》はすでに持っていて、そのうえ熱々のできたてチャパティ（丸くて平たいパン）やマンダジ（あげパン）を山ほど持参してきていて、電車に乗るなり、それを出して、「本当はチャパティやマンダジは、なにかと一緒に食べるものなんだけど、金がなかったからこれだけで我慢《がまん》してくれ」と言った。

ベンソンが持参してきた熱々チャパティとマンダジは、お世辞ではなく、とてもおいしかった。私がアフリカの食べ物で初めておいしいと感じたものは、ベンソンと一緒に電車の中で食べたチャパティとマンダジだった。

「人の外見や貧富、職業、そいつが何人かといった条件で、人を判断するな。すべての条件をとっぱらった個としての人間を見ろ。人間にはいいところと悪いところとが必ずある。その両方をしっかり見つめ、好き嫌《きら》いの感情ではないところで判断することだ」

島岡はいつも私にこう言った。ベンソンは、私から見ると、貧しいケニア人で、日本人である島岡にくっついていれば、飲んだり食べたりできるからいつも来ているぐらいにしか思えなかったが、そのとき、自分で持ってこなくたっていいようなチャパティを山ほど持ってきて、私たちにすすめてくれた姿。

それに、モンバサでは本当に彼の親戚の家があって、そこに私たちまで連れて行って友だちだと紹介《しょうかい》してくれたこと。

一緒にモンバサのビーチに行ったら、「二日間走っていないから、ちょっと走ってくる」と言って、砂浜《すなはま》をずんずん走っていき、姿が見えなくなってしまった。二時間ぐらい戻《もど》ってこず、汗《あせ》だくで戻ってきた姿を見て、「ああ、この人は本当にマラソンランナーだったんだなあ」とあらためて思ったこと……。

私は、ベンソンのことを、無意識のうちに貧しいケニア人というカテゴリーにはめこんで、一個人として見てはいなかったんだと、そのとき初めて思った。

人生で一番落ちこんだ日々

汚く狭《せま》い宿の一室には、毎日のようにケニア人や日本人がやってきた。さすがにその部屋に泊まりこそしないが、いつも誰かがノックして、「カクメイジはいるかい?」と訪ねてきた。

島岡は誰が来ても部屋に招き入れ、食事どきになれば一緒に行き、夜になれば飲みに行った。ふつうどこか新しい場所に行ったら、その土地や人びとの中に入りこむために、どう自分からアプローチするのかというのがポイントになると思うのだが、島岡はそうではない。島岡の行くところに人が集まるとしか言いようがないような現象が、毎日毎日繰《く》り返されていた。そして、彼らはほぼ全員が島岡より年上で、島岡は最年少だった。

島岡の態度は、どこに行っても変わらない。日本にいるときもアフリカに来てからもなにも変わらない。相手が何人であっても話す内容も変わらない。志を説き、今自分たちにはなにができるのかを考え、等身大の自分の姿を見つめろと言った。職のないケニア人が相談に来れば、一人ひとりと、とことん話し合い、いろいろな案を出し、彼らをサポートした。

アスカリのマスーディしかり、ベンソンしかり、シティマーケットの八百屋のジョロゲしかり……。私がいたく感激した一期一会《いちごいちえ》を、結局誰に対してもしていたのだ。

次の日も次の日も誰かが島岡に会いに来る。それは、私が落ちこんでいようがいまいが関係なく、エンドレスに繰り返された。一人で落ちこんでいたくても、そんな時間もないし、狭い一部屋に人を招きいれてしまうので、そもそも一人でいる空間がない。結局は横浜での新婚《しんこん》生活と変わらない、二十四時間プライベートであり、二十四時間プライベートでないような、私にとっては非常に落ち着かない生活が、ナイロビでも展開していた。

島岡はよく「人によって苦しみも得るが、それを癒《いや》してくれるのも人間だ」と言うが、結局そういうことだったのだと思う。私は、がっくり落ちこんだり、「一人になりたい！」「日本に帰りたい！」と島岡にヒステリーを起こしながらも、誰かが来ればいやおうなしに自分を押さえ、猫《ねこ》をかぶっておとなしくなり、人が島岡と話しているのを聞いているうちに、なんとなくその場の雰囲気に癒されたり、楽しくなったりして、やっぱり島岡と一緒にいる方がいいと思ってしまうのだった。

当時の私は、本当になにもできず、なにもわからず、失敗ばかりして、毎日のように落ちこんでいた。へまをしておこられないようにすることに一生懸命《けんめい》だったという感じだ。

しかし、私が思い切り落ちこんだのは、島岡におこられたことだけが原因ではなかった。たしかに、買い物一つまともにできない。自炊しようにもキャンプ用ストーブの使い方がわからず、島岡に教えてもらわなくてはお湯を沸《わ》かすこともできない。そういった生活力のなさを指《し》摘《てき》され、なにをしても失敗ばかりして、そのたびに人前でも思い切りおこられるので、そのことでもたしかに落ちこんだが、そういったことは、自分の心の中で「来たばっかりだし、慣れていないからしかたないじゃない」ということで処理することができたし、人前ではしおらしくしていたが、「あんなふうに、みんなのいる前でおこらなくたっていいじゃないの」と反発さえしていた。

私が一番苦しかったのは、そういったことよりも、「おまえは人間に対する差別意識を持っている」とか、「日本にいるとき、おまえがなににプライドをもっていたのか知らないが、おまえがよりどころにしていた条件をすべてはずしてしまったら、今のおまえはなんの力のない人間なんだぞ。もっと謙虚《けんきょ》になれよ」という指摘を受けたときだった。
「そんなことがあるはずがない」と一生懸命思おうとするのだが、それが事実なのだから最後には受け入れる以外どうしようもなかったのだが、とにかく人生で一番落ちこんだ時期だった。

アフリカに着いて、初めて南京虫《なんきんむし》に食われたとき、私のアフリカに対する拒絶《きょぜつ》反応は、ピークに達した。ぎゅうぎゅうづめの乗合バス、マタトゥに乗って、どこかで下りたときだったと思う。肩《かた》の辺りに、蚊《か》やブヨに刺《さ》されたときよりも強烈《きょうれつ》なかゆみを感じた。袖をめくり上げて島岡に見せると、「これは南京虫だよ。南京虫の特徴は、歩きながら数カ所点々と刺していくことと、二本の歯で刺すから、刺し跡が二つの点になっていることだ。今のマタトゥで、隣のやつにでも移されたんだろう。すぐ宿に帰って、服を全部煮沸《しゃふつ》しよう」と笑って言った。

私は、それまで、どういうわけか南京虫とかダニとかに食われることは、とても恥ずかしいことだと思っていた。なぜなら、そういう虫に食われるのは、貧しくて不潔な状況にいる人だけだと思いこんでいたからだ。

アフリカで出会った日本人からも、そういった虫に食われた話をよく聞いていたし、彼らは、「俺も食われたよ。南京虫は猛烈《もうれつ》にかゆいんだよな」とか、「ダニは目に見えないから始末が悪いよ」とか言いながらもなんだか楽しそうで、そのことをアフリカに来た一つの勲章《くんしょう》のように話していたが、私はそういう感覚がまったくわからず、「そんな虫に食われるなんて恥ずかしいことなのに、よく人前で話すなあ」と思っていた。

その自分が南京虫に食われたのだから、私にとってはものすごくショックで、そのとき初めて本気で、「こんなところにこれ以上住めない。日本に帰りたい！」と思った。

私があまりにもふさぎこんでしまったので、島岡が聞いた。

「たかが南京虫に食われたぐらいで、なにをそんなに落ちこんでるんだ？」

私が自分の考えを話すと、島岡はすかさず、「それは差別意識以外のなにものでもないぞ。そんな気持ちでいるからアフリカになじめないんだ。おまえは自分を何様だと思っているか知らないが、おまえはただの一人の人間で、アフリカの人びとも貧しくたってなんだって、同じ一人の人間なんだぞ。そこのところがわからないなら、アフリカにいる資格はない。俺はアフリカで革命をするために来ているから、おまえと一緒に日本では住めない。帰りたければ一人で帰れ」と言った。

「どうしてそんなことまで言われなくちゃいけないの。第一私は島岡さんについてきただけで、アフリカのためとかなんとかは私には関係ない！　アフリカの人のためなんてどうでもいい」と思わずさけんだ。

しかし、よくよく考えてみれば、島岡は初めて会ったときから、アフリカの革命のために生きると言っていたし、自分の頭のハエを追うよりもまず人の頭のハエを追うことを考える、それが先憂後楽《せんゆうこうらく》だと言っていた。そういうことを語る島岡を素敵だと思い、自分もアフリカだろうとどこだろうと、行ってしまえばなんとかなると甘く考え、なんの心構えもなくついてきてしまったのは、私自身だった。

アフリカに行くと決めたとき、まわりは皆一様に「アフリカなんか行って、由美子はやっていけるの？」と心配した。私は「これがアメリカに行くといえば誰も心配しないのに、一文字違いのアフリカだと、どうしてそんなに心配するのかな？　私にとっては島岡さんが行くところについて行くだけなのだから、どこに行くのも変わりがないのにな」ぐらいに思っていたが、アフリカは甘くない、みんなが言っていたことは正しかったと、そのときになって思った。

今になれば、当時の私は、貧しかったり、学校に行っていなかったりというだけで、いや黒人というだけで下に見て、自分にろくな力もないくせに変なプライドだけはあって、自分は彼らより上の人間であるといった傲慢な考えが言動の端々《はしばし》に出ていて、さも鼻持ちならない女だったろうと恥ずかしくなる。

私は、日本で暮らす中では、なんの不自由も感じず、とくに大きな挫折《ざせつ》することもないまま大人になって結婚し、アフリカに渡ったのだが、その瞬間《しゅんかん》から自分がよりどころにしていたものが、なんにも使いものにならないという現実にぶつかり、価値観を根本から変えなければやっていけないところに追いつめられてしまった。

私がそれまでよりどころにしていたものはなんだったのだろうか。日本の中だけで通じる資格や免許《めんきょ》、職場、学校、家……。結局自分という個人ではなく、自分がそのとき、どこにどういう形で所属しているかを、自分のよりどころにしていたのだと思う。

だから、日本での常識や自分の過去や所属がいっさい通じないアフリカに来て、まったくなじみのない言語の中に放りこまれ、自分という個人で勝負しなくてはならない現実に突き当たったとき、自分の無力さと思い上がりを突きつけられ、今までそれなりに持っていた自信が粉々になってしまったのだ。

しかし、どうして私はアフリカに渡った当時、あそこまでの挫折感を味わったのか。それは、結局なにができるできないといった問題ではなく、肩書きを捨て、日本人であることさえ抜《ぬ》き去ってしまってなお、個としての自分に対する自信が持てるかどうかの問題であり、そのときの私には自分に対する自信がまったく持てなかったからだ。そして、その情けない姿を、現時点での自分の本当の姿として受け入れることが耐《た》え難かった。そのうえ、いつも自信に満ちている島岡が隣にいることで、だめな自分の姿がよけい浮《う》き彫《ぼ》りにされてしまうような圧迫感《あっぱく》があって苦しかったのだと思うのだが、当時はそれがわからず、私の感覚がおかしいのではなく、島岡がおかしいのだと思おうとしたり、自信を持った島岡の態度がにくらしく見えたりもした。

また、そのころは、自分のいいところだけを見せたいというぶりっ子精神が私の中で強かったのに、島岡の前ではそれがまったく通用しなかったことも、大きな苦痛の原因だったと今は思う。

島岡は、落ちこんでいる私にこう言った。

「日本人ってことにこだわらないで、俺たちは地球人って考えてみろよ。世界のいろいろな暮らしを見て、いいところを取り入れ、そうじゃないところを除いていけばいいんだ。自分が絶対と思わず、日本では常識だと思っていたことだって、それが正しいかどうかわからない、まずは、どんな人からも、なにかを教えてもらうという気持ちで接してみな」

この南京虫事件をピークとする人生最大の落ちこみ期間を経た私は、あいかわらず山盛りのンゴンベの量には閉口していたものの、キオスクの汚さよりも人びとの笑顔が、少しずつ視野に入るようになってきた。

それまでは、誰を見ても真っ黒で、同じにしか見えなかった人たちの顔の判別がつくようになると、ジャンボ！　とかハローという挨拶も言えるようになった。自分が拒絶反応を起こしていたときは、まわりに人がいるにもかかわらず、その人たちの存在を全部無視していたから顔の区別もつかなかったんだと思う。

ケニア人でも行きたがらない場末のキオスクに毎日通いつめ、食を共にする私たちを、笑顔いっぱいで歓迎《かんげい》してくれるキオスクのあんちゃんや、アフリカンママの人情が、やっと私にもわかるようになり、手垢《てあか》で汚れたぼろセーターを着て鼻水をぬぐった手でコップの水を運んできてくれる五歳《さい》の腕白《わんぱく》坊主《ず》ジョセフに会うのが楽しみになり、「おーい、飯食いに行こうぜ」の声にもびびらなくなってきたある日、島岡は私にこう言った。

「そろそろアフリカの拠点をさがしに行くぞ」

南アフリカの情勢を見渡しながら南部アフリカのどこかに土着する中で、アフリカの人びとの生き方、考え方、文化を学びつつ、来たる日に備える。そしてその貧しい人たちに少しでも仕事の場を与えられるよう、第一次産業を始める、その拠点さがしのことだ。

私は、その日の日記にこう書いた。

「今、いろんなことが始まりそう、というか、始められるとき。いろいろな可能性があり、具体的になっていくとき。邪魔《じゃま》になりませんように。島岡さんが思いきり動けますように」

（上）アフリカの電車は、ガッタンゴットンという擬音がぴったり。

（下）甘くない揚げパン、マンダジは、今でも私の大好物。

拠点《きょてん》は、タンザニアのザンジバル

漁業と柔道《じゅうどう》

「タンザニア」と「ジンバブエ」。結婚《けっこん》前にアフリカ各国をまわっていた島岡は、この二国を「南アフリカの情勢が見渡《わた》せる国」として、最初から拠点候補に挙げており、貧困層の多い第一次産業で職場を作るという点からは、「ジンバブエなら農業。タンザニアなら農業か漁業ができる」と考えていた。

とはいえ、「とにかくまずタンザニアを皮切りに、南アフリカまで下がり、いろんな国を見てから決めよう」ということで出発した拠点さがし、それが、まさか初めの国タンザニアの、しかもザンジバルという島国に決まってしまうとは思ってもいなかった。

タンザニアは、タンガニーカ本土とザンジバルという島国が連合して成り立つ連合共和国。本土からザンジバルに渡《わた》ってすぐに、サマッドという、マリンディ漁港の漁師たちのチーフと出会い、アフリカの人びとの自立の手助けをするのが目的というのなら、ぜひ、仕事にあぶれている漁師たちのために、ザンジバルで漁業をやってくれと頼《たの》まれたことがきっかけで、木造漁船カクメイジ号をつくり、漁師を雇《やと》って漁業会社を始めることにした。

それと同時期に、やはりザンジバルの若者から頼まれて、島岡は地元の若者たちに、柔道を教えることになった。

柔道の方は、その当時、ザンジバルでは格闘技《かくとうぎ》禁止だったのを知らないで引き受けてしまったので、教え始めて数カ月後に、突然《とつぜん》道場を閉鎖され、国外退去令を出されたりもしたが、その後数年して、ザンジバルが格闘技解禁になると、手のひらを返したように、スポーツ局長直々《じきじき》に、ナショナルコーチとして柔道を教えてほしいと依頼《いらい》がきたという摩訶《まか》不思議なエピソードつきではあるが、そこからは、柔道も継続《けいぞく》している。

といっても、当時、ザンジバル政府から与《あた》えられたのは、草ぼうぼうの空き地。柔道を教えるには、草刈《か》りをして整地し、土をやわらかくし、畳《たたみ》の代わりに、米袋《こめぶくろ》をぬいあわせたカーペットを作るところから始めなくてはならなかった。

ザンジバルの腕自慢《うでじまん》の若者たちが百人ぐらい集まったが、最初は草刈りだったので、すぐに不満が出た。

「俺たちは、ジュードーというものを習いにきたんで、草刈りや土をたがやしにきたんじゃない」

島岡は、五着だけもっていた柔道着を着せて、「なら、すぐに柔道をしよう。かかってこい」といって、若者たちを投げつけた。下は整地されていない固い地面だ。たたきつけられた若者たちは、ひーひー言って、やっぱり、草を刈って、土をたがやしてやわらかくしてから、教えてくれということになった。

そんな青空道場に畳が入ったのは、始めて二年後。畳は入ったものの、屋根なしの青空道場での練習は、実に十年間続いた。

一期一会《いちごいちえ》

「一期一会ってなに？」

「ここで会ったが百年め、今日《こんにち》ただ今このときの自分をめいっぱい相手にぶつけて、本気でつきあうってことさ」


島岡のまわりには、いつも人が集まってくる。もちろん、人を魅《ひ》きつけるのは、天性のものが大きいだろう。しかし、その後をつなげて、どんどん深くつきあっていくのは、また別のことだ。

「来る者は拒《こば》まず去る者は追わず、そして、来る者に対しては誰《だれ》でも同じように、毎日来る人でもそのとき初めて会う人でも徹底《てってい》的に思いやりを持って、一期一会の気持ちで接する」。口で言うのは簡単だが、一年三百六十五日実行するのは、本当に地味できついことだ。


島岡が、ザンジバルで最初の漁船カクメイジ1号を造り、自分自身も漁師として毎晩漁に出ていた時期、人伝えに聞いて訪れる日本人旅行者や、島岡と話したいと集まってくるザンジバル人で、毎日家の中は訪問客でごった返していた。

「変な日本人が、チーフのサマッドと一緒《いっしょ》に船を造りだしたぞ」

「日本人なのに、イスラム教徒で、アブドゥルハリームというムスリム名までもっているらしいぞ」

「あいつはあんなに痩《や》せているのにジュードー・マスターだそうだ」……などなどと好奇《こうき》心いっぱいのザンジバル人。

「革命児っていう人が、ザンジバルで漁師やっているんだって」「革命児のところに行けば、ただで泊《と》まれて刺身《さしみ》も食えるらしいぞ」と聞きつけて、宿代、食事代を浮《う》かすためにやってくる日本人旅行者あり、「ぜひ話を聞かせてください」と真剣《しんけん》に訪れる人あり、……まさに玉石混淆《ぎょくせきこんこう》の状態だった。

漁の仕事は夕方から海に出て、夜中漁をして朝港に帰り、日中睡眠《すいみん》をとって夕方また漁に出るというサイクルなのに、疲《つか》れて帰れば、まったく知らない日本人旅行者やザンジバル人が待ち構えていて、たまに人がいなくてうとうとしだすと、ドンドンドンッと戸をたたく音に起こされ……。そのころの日記には、「今日も島岡さんは三十分も寝《ね》ないで漁に行った。『誰かが家に訪ねて来るのは、その人が俺《おれ》のために時間をさいて会いに来ているということだから、こっちの都合で相手をないがしろにしてはいけない。だから俺がどんなに疲れていても眠《ねむ》っていても、人が来たら絶対に起こせ』と言っているけれど、どうして島岡さんだけ一方的にそこまで人にしなくちゃいけないの？　人は全然島岡さんのこと思いやってないのに……私にとってはほかの人より島岡さんの方が大事！」などと書いている。

島岡はなんでも平気な顔でやってしまうので、「島岡さんだから当たり前」と一言ですまされることが多いのだが、ごく平凡《へいぼん》な家庭でごく平凡に育った私にとって、島岡の生き方、人との接し方、ものごとの進め方、ひとつひとつが、too much で、「なぜそこまでやらなくちゃいけないの？」と思うことの連続だった。

漁と柔道《じゅうどう》の両方をやっていたときなど、本当にきつかったと思う。そして、どんなに疲れていてもそれを見せずに人とつきあう島岡に対して、まわりの人は甘《あま》え放題だ。夕方、ほとんど眠らないまま漁に出る島岡をマリンディの港で見送って、見ず知らずの日本人旅行者に夕食を作っているときなど、「どうしてこんなことしなくちゃいけないの？」と、私は何度も思っていた。

島岡のやり方が理解できない私は、人に対するうっぷんがたまり、「こんなことやっていてなんになるの？　なぜこんなに人の面倒《めんどう》ばかりみなくちゃいけないの？」。揚《あ》げ句の果ては、「島岡さんのせいでこんなに人が来るんだ！　もうこんな生活いやだ!!」と爆発《ばくはつ》する先が、一番疲れて大変な島岡だったのだから、結局は私が一番彼《かれ》に甘えていたということだろう。爆発する私に対して、彼から返ってくる答えはいつも決まっていた。

「おまえが泣こうがわめこうが、俺の生き方は変えられない。そんなに嫌《いや》なら、なにもしなくていい。ずーっと部屋の中にいろ！　俺が全部やるから。その代わり、おまえのここでの存在価値は無くなるぞ。それでもいいんだな」

島岡は、料理からなにから、家のこともなんでもできる人だ。それに比べて私の方は料理ひとつできないだめ女房《にょうぼう》で、野菜の切り方から魚のおろし方、いため方、揚げ方、煮《に》方、味つけ……一から十まで島岡に教えてもらっていた。

「今日初めて一人で全部つくった！」などと大げさに日記に書いたのは、結婚《けっこん》して二年も経ってからなのだから、いかにだめな妻だったか。今思い出しても、よく文句が言えたものだと我ながら呆《あき》れてしまう。

そのうえ、ベロンと舌を出して目をあけたままの牛の頭がごろごろしていたり、牛の半身が釣《つ》りがねにぶら下がっている肉屋にどうしても入れなくて、半年間も肉を買わないで過ごした、というぐらい情けない妻だったのだ。

だから、島岡の言葉は、日常生活の仕事がろくにできもしないのに文句ばかり言っている私には、一番こたえるものだった。

そうやって半年、一年と日を重ねるうちに、訪ねてくるザンジバル人の顔ぶれはどんどん固定していく一方で、日本人は当然のことながら、どんどん違《ちが》う人が登場しては去っていった。ドンドンと戸をたたく音がして、開けるとリュックを背負った見知らぬ日本人、「あのー、ここで泊めてもらえるって聞いたんですけど……」。当時、「革命児という日本人がザンジバルに住み、漁師を始めた」という情報を聞きつけた日本人旅行者が、次から次へと我が家を訪れていた。その中には、空港や港のイミグレーション（出入国管理オフィス）で、ザンジバルでの宿泊《しゅくはく》先の欄《らん》に堂々と島岡の住所を書きこみ、タクシーで我が家に直行してくる人あり、中にはわざわざ電報で空港までの出迎《むか》えを要請《ようせい》する人（もちろん私たちは一面識もない人だ）までいた。

私から見て「なぜこんな人まで面倒みなくちゃいけないの?」と思ってしまう人でも、「来る者は拒まず去る者は追わず」を貫《つらぬ》く島岡は、どんな人でも受け入れ、できるかぎりの面倒を見ていた。そしてそれは私にはどうしても理解できないことだった。日記にもこう書きなぐっている。

「島岡さんの『来る者は拒まず去る者は追わず』の精神を、頭ではいいと思っても実際にはfollowできてない自分……俺のことを信じていれば文句がでるはずないって言うけれど、ということは実際には島岡さんのこと全然信用してないってことなのかな」

「今一番わからないこと、受け入れがたいことは、関わりの深い浅いで態度を変えちゃいけないってこと。でも、なにも知らない押《お》しかけ旅行者を、前から知ってる人を家に迎えるのと同じ態度で受けるってことは、すごく難しいし、私にはできない!」

帰宅恐怖症《きょうふしょう》

私は一時期、帰宅恐怖症になっていて、その日も、「家に帰りたくない。帰ったらまた人がいる。もう日本人もザンジバル人も嫌だ！」と思いながら市場での買物をすませた後、屋台のコーヒー屋の丸太に座ったままボーッとしていた。

そこへ、「ユミコ、なにやってるんだ？」と魚屋のバブが来た。バブは、柔道の弟子であり、当時の職業は市場の魚屋で、後に島岡の漁業会社で働くようになった人だ。

思わず私は、「もうあの家に帰りたくない！　今日もまたずっと人がいて、私の居場所がない！」と心の内をぶちまけてしまった。私の話を聞くだけ聞いた後で、バブは私にこう言った。「ユミコの家は、センセイのいるあの家なんだから、帰らなくちゃいけないよ。俺が一緒に行ってやるから帰ろう。センセイが帰ってくるまでいてやるから」

そして、バブは一緒に家に来てくれると、そのとき家にいた日本人に、人の家に泊まるマナーを一生懸命《けんめい》説明してくれたのだった。

もう何年も前のことなので、きっとバブの方は忘れているだろうが、私にとっては、「ザンジバル人のバブ」という垣根《かきね》を越《こ》えて、「バブがいてくれるんだ」と心から感じた忘れられない瞬間《しゅんかん》だった。アパートの階段を登りながら、ところどころ破れて汚《よご》れたシャツを着たバブの後ろ姿が、とても頼《たの》もしく見えたのを今でも覚えている。

「自分の利益なんて考えずに一期一会でつきあっていけば、はじめは一方通行に見えるかもしれないが、そこで人間に対する希望を捨てちゃいけない。そしてどんな人間でも受け入れた後は、こちらから追う必要はない。人間て、おまえが考えているほど捨てたもんじゃないぞ。その中で必ず残っていく人間がいるんだ。そして、そういう人たちとのつきあいにけっして手を抜《ぬ》かないこと。そうすれば、自然と人間の輪ができていき、今度は逆に、俺たちの方が彼らに助けられるときだってくるさ」……本当に彼の言う通りだった。

そして柔道と漁で寝る間もないのに、次々と訪れる人の応対に明け暮れる日々の中、「もう人のことなんか放っといていいじゃない、来る方にとってはそのときだけだからいいけど、島岡さんは毎日でしょ。自分のことだって考えなくちゃ、島岡さんの方が倒《たお》れちゃうよ」と口うるさく言う私に、「うるさいなあ、おまえは。こんなの、朱徳《しゅとく》や周恩来《しゅうおんらい》に比べたらなんでもないだろ」と言っていたのを思い出す。

ある日、「これ読んでみな」と一冊の本『偉大なる道』を渡された。

それは、中国革命の最高指導者の一人である朱徳将軍について書かれた本だった。長征中の朱徳が、ほかの仲間が疲労《ひろう》の極致《きょくち》で死にそうになっていたときでも、必ず笑顔で見まわって皆《みな》を励《はげ》ましていた姿。次々とおこる政治問題、そして自分たちの問題を直訴する民衆の声にできうるかぎり応えるという果てしもない激務の中、いつも穏《おだ》やかな笑顔を絶やさなかった周恩来の姿……そんな先人たちの姿に自分を重ね合わせ、「こんなこと、革命家として当たり前のことだ」と考えていたことに、初めて思いあたった。

島岡は、どんなに疲れているときでも、人が訪ねてきたら手を抜かないでつきあう。

「俺はどんなときでも人と会うと元気が出るのさ。俺は人間が好きだからな」とあっけらかんと言っている。そしてその言葉通り、人の中にいる彼はとても楽しそうだ。

そんな毎日を繰り返す中で、島岡を中心とする人間関係は確実に深まっていった。今では、ザンジバルの仲間たちの分厚いガードの中で、がっちり守られている。そして、それはまた日本人関係もしかり。年間百人のペースで通り過ぎていった人の中で、今でもなんらかの繋《つな》がりが残っている人とは、島岡と会うたびに、便りを重ねるたびに、確実に互《たが》いの理解が深まっており、「大切な俺の仲間たち」が増えている。

（上）最初のカクメイジ号にペンキを塗る革命児。初漁の収獲はカツオ二本だった。
（下）青空道場ではじめに教えたのは、「柔道は、礼に始まり、礼に終わる」こと。

異文化の中で

空まわりする思い

初漁から半年ほど経って、スワヒリ語にも慣れ、大嵐《あらし》、漂流《ひょうりゅう》、そして赤字、大漁と、文字通り生活も生死も共にする中で、島岡と、船のキャプテンであるムカンガーをはじめとする漁師たちとの絆《きずな》はどんどん深まり、士気は上がってきた……と信じていた私たちの期待ははずれ、なにかが空まわりしているような感じがしてきた。

島岡は、カクメイジ号の船主だ。船主自ら漁師に交じって漁に出て、海の上では率先して重いアンカーを引っ張り、陸の上では皆《みな》が一番嫌《いや》がるエンジン担ぎをした。エンジンは船外機で、毎回漁に行く前に船に取つけ、朝寄港したら外してストア（物置）にしまうのだが、重さ約三十キロ、これを肩《かた》に担いで船からストアまで運ぶのは大変なので、皆嫌がるのだ。大潮のときなど海水が干上がり、船着き場から船があるところまで五百メートルも泥《どろ》ぬか道を歩かなくてはならず、泥で足はとられるし、石や貝、鉄くずなどなにが落ちているかわからないうえ、出発が遅《おそ》い日など真っ暗でなにも見えないところを歩くので、よく足に怪我《けが》をしていた。そしてシーズンオフには、島岡は彼《かれ》らと一緒《いっしょ》にペンキを塗《ぬ》り、カラファティ（水の浸入《しんにゅう》を防ぐため、船板のすき間にノミで打ちこむココナッツオイルを浸《ひた》した綿）を打ちこむ日々を繰《く》り返していた。

日本人なら親方自ら現場に出て人の嫌がる仕事を率先してやれば、自然と士気が高まり、

「俺《おれ》たちもやるぞ！」となるだろう。しかし、ここはザンジバルの漁師社会。ここには日本とはまったく違《ちが》う考え方がどっかりと存在していた。

今思えば、最初のころ、キャプテンのムカンガーや漁師たちは、「物好きな日本人の船主だから、初めのうちだけ面白半分で行くんだろう」ぐらいに考えていたのだろう。

でも、島岡の目的は、アフリカの国で一番貧しい人びとが従事する第一次産業に就き、そこで仕事を始めることで、その国の人びとに少しでも仕事の場を与《あた》えると共に、植民地時代のようにこき使われるだけこき使われて搾取《さくしゅ》されることのない職場、その仕事によって自分たちの生活をきちんとまわしていけるようになるような職場、自分に人間としての自信と誇《ほこ》りを持って働ける職場を作ること。そして、働く人全員が、「俺たちの職場」という自覚と誇りを持てるように、そしていずれはその国の人だけで経営していけるように、という考えで始めたことであり、ムカンガーたちに「カクメイジ号は俺たちの職場」という自覚と誇りを持たせながら仕事を進める中で、いずれは彼らだけで船を運営していけるようにすることが目的だったのだから、もちろん島岡の方は最初から長期戦でいく心構えだった。

そしてもう一つの目的は、土着した場所でアフリカの人びとと仕事、生活を共にする中で、アフリカの人びとの心、アフリカの文化を学んでいくことにあった。そんな島岡と彼らの気持ちは少しずつずれていき、彼の生き方に共鳴しついていこうとする、柔道《じゅうどう》の弟子で、途中《とちゅう》から漁師になったチバ以外のメンバーは、だんだん反発するようになっていった。

漁に行く準備ひとつでも、わざとゆっくり着替《きが》えて、島岡がエンジンを担いで歩いていくのを見てから、自分たちは軽い物を選んで運ぶという毎日が続くようになった。

ずいぶん経ってから、その原因を教えてくれたのは、私たちがザンジバルに住むきっかけとなり、一緒に漁船を造り、漁業会社の片腕《かたうで》となったサマッドだった。

ここザンジバルでの船主というものは、ふだんはどっと構えていて、必要なときだけ采配《さいはい》をふるう者。自ら現場で率先して荷担ぎをしたり、シーズンオフに一緒にペンキを塗ったりという行為《こうい》は、ザンジバルの漁師たちにとって理解しがたい奇異《きい》な行為だったのだと言う。それならどうして初めからそう言わなかったのかと島岡が聞くと、サマッドは言った。

「カクメイジは、船を造ると決めたときから、自ら漁に出るって言っていただろ。俺がもし船を造っても漁に出るのはやめた方がいいって言ったって、それじゃあ意味がないって一蹴《いっしゅう》していただろう。そうじゃないかい？」

私たち日本人にとって良いと思うやり方が、ザンジバルではまったく通用しないものだったのは驚《おどろ》くべきことだったのだが、当時は島岡もそれに気づかずに、黙々《もくもく》と重いエンジンを担ぎ、シーズンオフも炎天下《えんてんか》で、せっせと漁師たちと一緒にペンキ塗りをしていたのだった。


島岡に対する反発は、カクメイジ号の漁師たちだけではなかった。

彼の強烈《きょうれつ》な個性と圧倒《あっとう》的な存在感は両刃《もろは》の剣《つるぎ》だ。人を磁石のように引きつける場合もあれば、「なんだかわからないけどカチンとくるやつ」「うさんくさそうなやつ」という印象を与え、なにも悪いことはしていないのに、見ただけでその存在感だけで拒否《きょひ》反応を起こされてしまう場合もある。

ザンジバルの漁業界の中でも、反応は真っ二つに分かれた。カクメイジ、カクメイジと、初めから親しそうに寄ってくる人たちが半分、そしてもう半分は、「なんだあいつ、よそもののくせに」と冷やかに見つめる人や、島岡が挨拶《あいさつ》をしても、わざと無視する人たち。

日本人がローカルな船を造って、地元の漁師たちと一緒になって船に乗りこんで漁に行っている。なにも悪いことではないけれど、それがいったいこの男にとってなんになるのか。人は自分がよくわからないとなんとなくいらいらするものだ。その気持ちが高じて、「あいつ生意気だ、締《し》め出してやる」とでも思ったのか、イミグレーションには、変な日本人が船を造って漁に行っていると、何人もが通報しに行っていたようだ。

船の中に、呪《のろ》いをかけるための鳥の首や、山羊の足が投げこまれていたのも、一度や二度のことではない。

ザンジバルには今もシャターニ（悪魔《あくま》）を信じるブラックマジック（黒魔術）信仰《しんこう》が根づいている。これを信じる人たちには、悪魔からのささやきも聞こえてしまうらしい。

当時の私たちは、日本とまったく違う異文化の地アフリカの小さな島ザンジバルで、人びとの心を知ろうと必死だった。

レインコートが破れる理由

ここザンジバルは、昼の炎天下では三十五度以上になる気温も、夜の海上は肌《はだ》寒いくらいで、季節によってはセーターとジャンパーを着こんでも寒いときがある。そして、波がある日は海水を頭から浴びて潮風に吹《ふ》かれ、ときには雨に打たれてびしょぬれで帰ってくる日もある。

漁を始めてすぐ島岡は、頑丈《がんじょう》な作業用のレインコートを日本から取り寄せ、カクメイジ号のスタッフ全員に配った（今でこそザンジバルでも傘《かさ》やレインコートが買えるようになったが、その当時ザンジバルで傘を売っている店は一軒《いっけん》もなく、ましてやレインコートなんてどこをさがしてもない、という状態だった）。

「アサンテ・サーナ！」（どうもありがとう！）と、大喜びで着ていたのもほんの束の間、二週間もたたないうちにレインコートはビリビリ、またある人はもらってすぐ誰《だれ》かに売ってお金に換《か》えてしまって手元にない、というありさま。そして、キャプテンのムカンガーはみんなを代表して言った。「もう破れて使えないから新しいレインコートくれ」

毎日同じように着ている島岡のレインコートは、どこも傷《いた》んでいない。「どうしてあいつらのレインコートだけ破れるのかな？」。二着目のレインコートを渡《わた》した後、島岡は、彼らのあつかい方をじっくり見てみようと言った。

まず服を着るとき、私たちなら服になるべく負担がかからないように、肩を動かしたり肘《ひじ》を曲げて引っかからないように腕や首を通すところ、彼らはくしゃくしゃのレインコートに無理やり腕を通して着てしまう。ボタンは無理にひっぺがすのであっという間に千切れてしまう。そして船の上では、餌《え》に使うイワシやアジをポケットいっぱいに突《つ》っこみ、魚の血や内臓のついたナイフを裾《すそ》で拭《ぬぐ》い、暑くなれば無造作に魚の上に放り投げ、汚《よご》れた足を拭《ふ》く。海水、雨、汗《あせ》でぬれたまま、くしゃくしゃに丸めて置いておくのですごい臭《にお》いだ……。

そんなことをしたら、どんな丈夫な服だってあっという間にビリビリになってしまう。そんな光景を目にするたびに、島岡は、「ムカンガー、ポケットに魚を入れるのはよせよ。また破れるぞ」「ジュマ、レインコートちゃんと広げて干しとけよ」「スマイ、レインコートでナイフを拭くのはやめろ」と言い、そのときだけは皆口をそろえる。「わかった、わかった」。しかし、次の日にはまたポケットに魚が……。

「もう破れて着られないから新しいレインコートくれ」。また二週間もしないうちに、ムカンガーが言いにきた。

漁をするのは夜。夕方に出船し、朝方寄港する。

むかしながらの伝統工具を使って漁船をつくってゆく船大工。

活気あふれる朝のマリンディ港。

カクメイジ号進水式
「ハランベエー、ハランベエ！」掛け声にあわせて船を押し、綱を引く。

約 100 人のアーティストが集まって絵を描いているティンガティンガ村（工房）。

独特のすっぱい香りが漂うクローブの天日干し風景は、ザンジバルの風物詩のひとつ。

コーヒーの実の選別作業。働くお母さんの姿を見て育つコーヒー農家の子どもたち。

コーヒーの実が加工されて、インスタントコーヒーになる。

ザンジバル武道館建設風景。「武道館」の文字に、金色のペンキを塗った。

2002年、青い屋根のザンジバル武道館完成。

屋根付き道場のよい点は、天候に左右されずに練習ができること。

ザンジバル柔道は、畳も柔道着もない青空道場から始まった。

なにもなくても柔道はできる、大切なのは、礼に始まり、礼に終わること。（2008年ヌングイ）

ただし、ビーチ道場では、練習のたびに砂だらけになる。

ナショナルコーチのモハメッドとちびっ子柔道家たち。息子のイブラヒム（前列中央）も、今ではナショナルチームの一員だ。

2019 年東アフリカ柔道選手権大会は、ザンジバルが優勝！

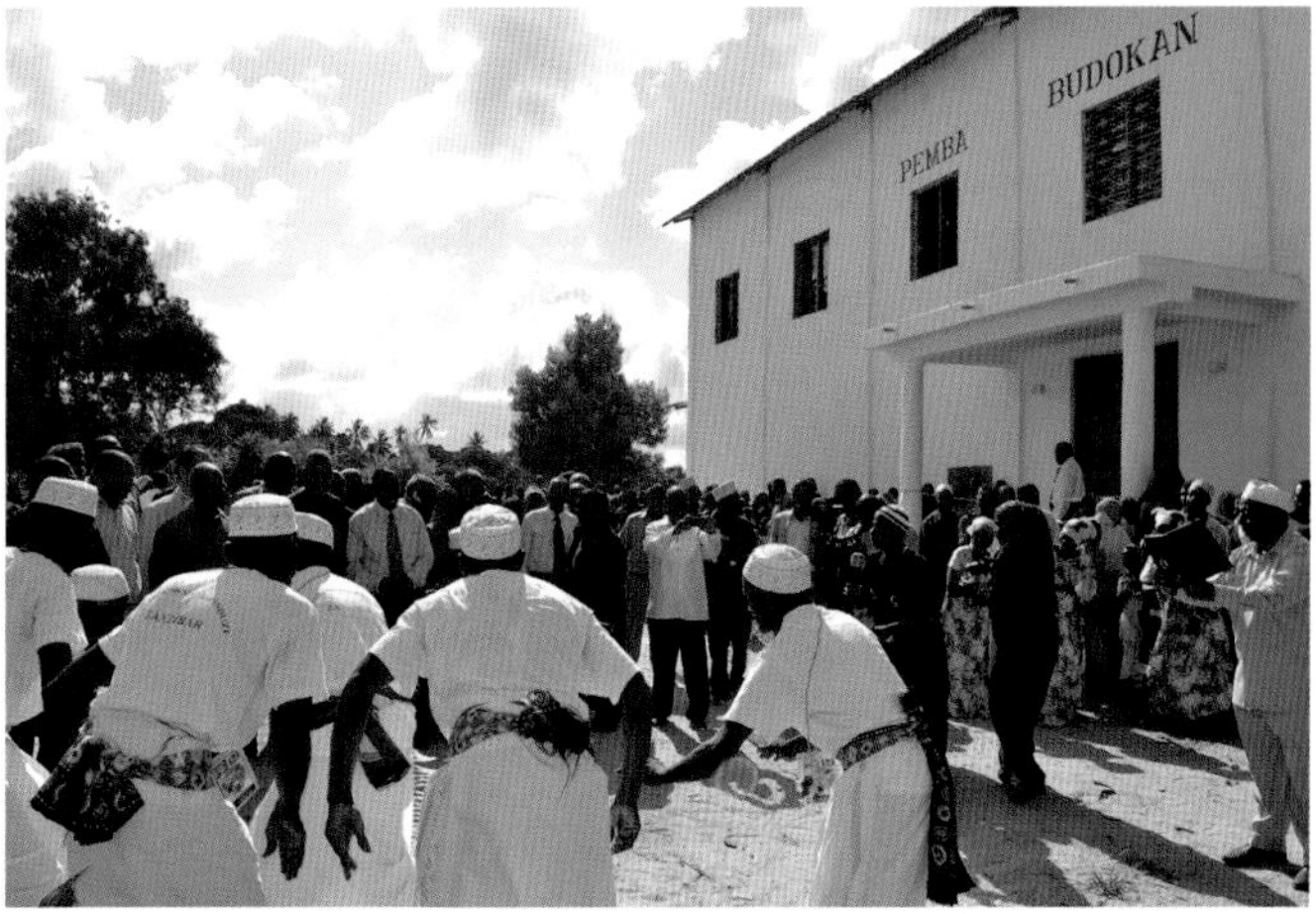

2014 年にはペンバ武道館も完成。喜びの踊りは、ペンバ島伝統のムセウェ。

世界柔道選手権大会 2019 は、世界の武道家たちのあこがれ、日本武道館で開催され、タンザニアからは、5 人の選手が出場した。

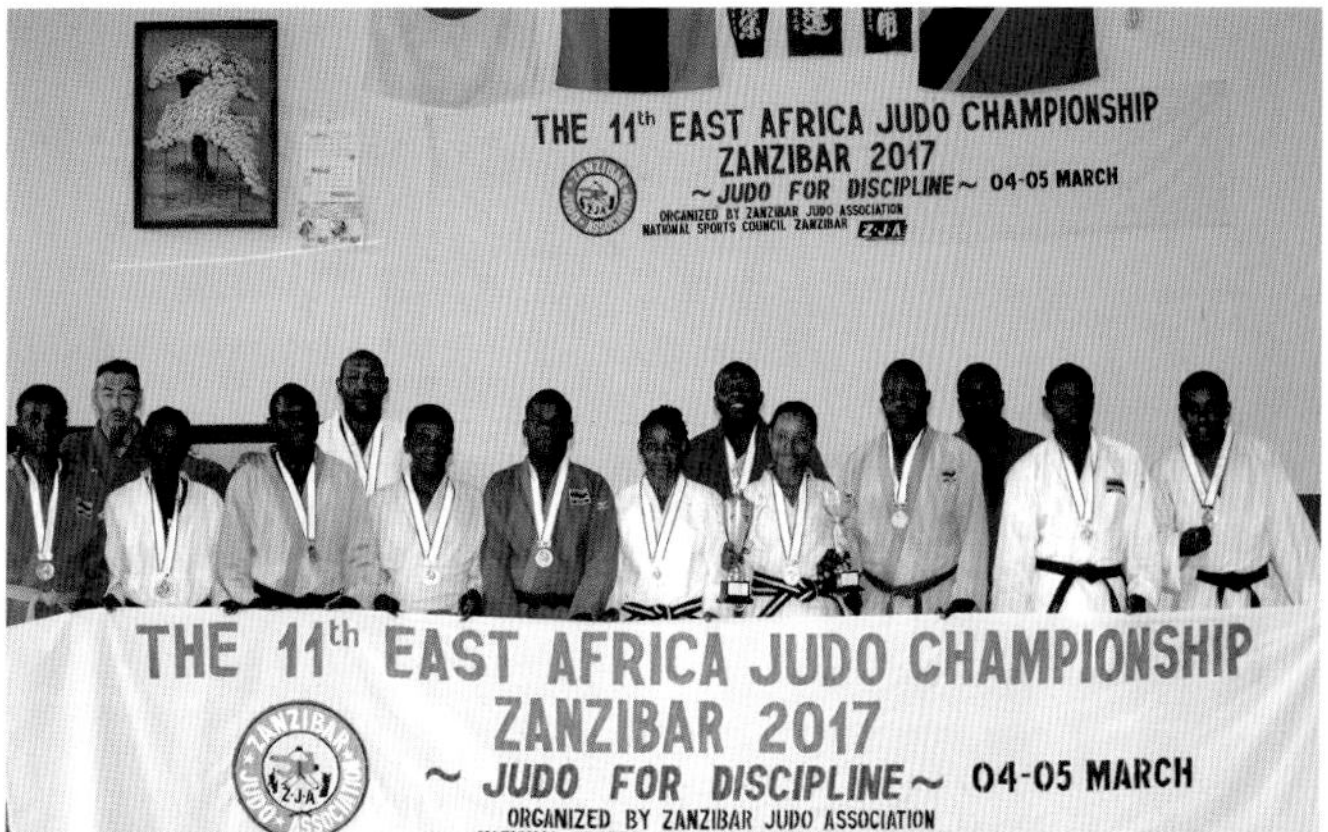

2007 年から始まった東アフリカ柔道選手権大会は、持ちまわりで開催する。2009 年、2013 年、2017 年はザンジバルで開催した。女子選手ムジガニが「ママでも金」を実現。

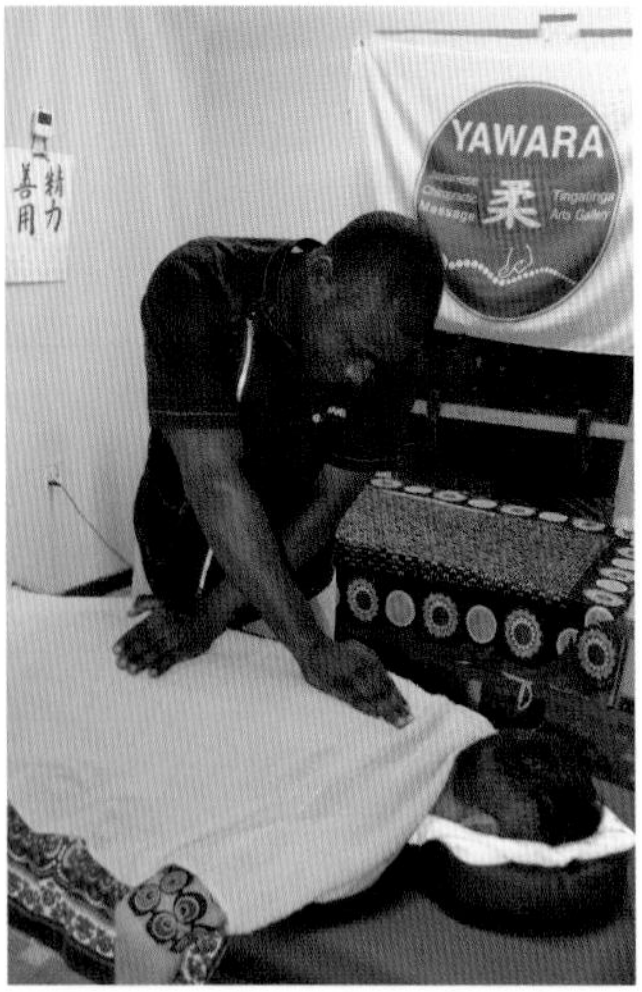

整体マッサージをするハミシィは柔道家、2019年東アフリカ柔道チャンピオン。

2014年9月、ベースボールってなに？　という状態から始まったザンジバル野球。見たことも聞いたこともない初めてのスポーツに、興味しんしんで集まってきた男子たち。

柔 YAWARAの看板は、アブダラによるティンガティンガ・アート。

2018年のタンザニア大会で、決勝戦進出を決めて大喜びのソフトボール女子たち。野球男子が叩いているのは水の容器。身近なものを叩いてリズムをとり、即興の歌と踊りで喜びを爆発させるのはいかにも陽気なアフリカン。

少ない水で、食器を洗い洗濯もする。

小さな体を思い切り使って井戸から水をくむ姉妹。水道、井戸、川、池、湖……水源はちがえど、毎日繰り返されるルーティンワーク。

（上）今日の料理は、バナナのココナッツ煮込みだよ。

（左）ザンジバルの料理は、ココナッツやスパイスをふんだんに使うのが特徴。床にすわって、みんなで大皿をかこんで、右手だけで食べる。

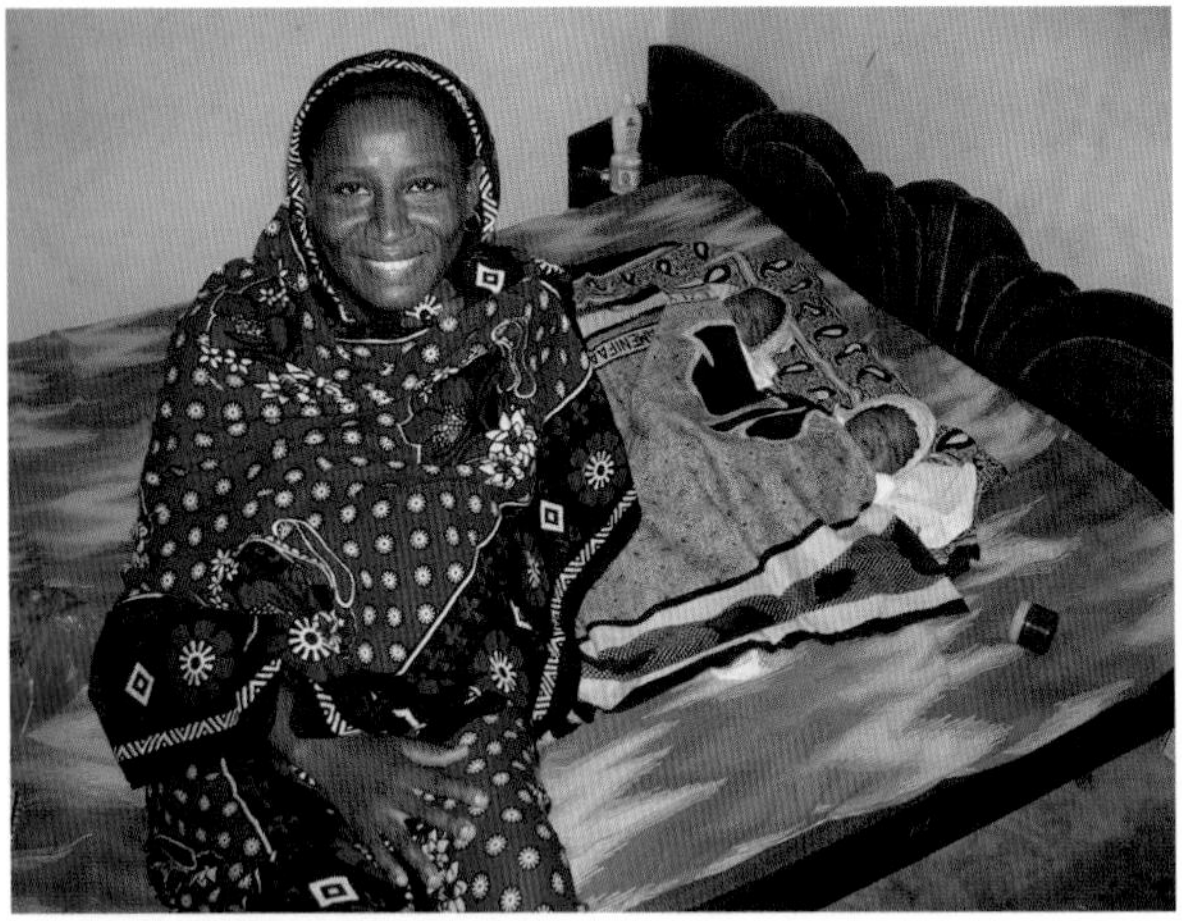

双子ちゃん誕生、ママも赤ちゃんもカンガ布に包まれて。

オレンジは、皮をむいて半分に切り、かぶりついて食べるのがザンジバル流。後ろには、タウシ食堂で使うたきぎが山積みになっている。

ふだんはポレポレ（のんびり）だけれど、やるときはやるなと感じる、マンパワーあふれる仕事ぶり。

（右）リヤカーで、軽トラック並みの量を運ぶ。

（上）巨大のこぎりで、丸太を製材する。

島岡が、「大切に着ないからもうやらない」と断ると、もうそれだけで、「あいつは悪いやつ、自分一人だけレインコートを着ている」と悪口を言い始めた。自分でレインコートを二着もビリビリにしてしまったことはまったく忘れて……。

ここザンジバルには、あちこち破れて汚れた服を着ている人がたくさんいる。それは「貧しくて服が買えない」ということが一番の大きな理由なのだが、しかし「服を大切にしない」ということも大きな原因の一つだとわかるようになってきた。

そしてもう一つの理由が「服の正しい着方を知らない」ことだと気がついたとき、私たちはとてもおどろいた。

私はどうして「服に腕や頭を通すとき、布に負担をかけないように自分の肩や肘を動かしながら着ること」を知っているのだろうか。なぜ「ボタンを無理にひっぱらないで外すこと」ができるのだろう。それは家庭では親に、幼稚園《ようち》、小学校では先生方に、繰り返し教わったからだ。

私が勤めていた幼稚園でも、毎日の着替えは大きなテーマだった。コツがつかめない子は、毎日ボタンと格闘《かくとう》している。袖《そで》と襟《えり》を確かめないあわてものの子は、袖に頭を突っこんで無理やり通そうとするので、すぐ破れてしまう。ポケットにものをつめこみ過ぎない、汚れた手を服で拭かない、濡《ぬ》れた服はきちんと乾《かわ》かしてからしまう。……それは、島岡が毎日カクメイジ号のメンバーに、繰り返し言っていることとまったく同じだった。彼らは大人になるまで誰からもそれを教わらなかったのだ。

アフリカは働く場が足りないだけでなく、教育の場も圧倒的に不足している。私たちを驚《きょう》愕《がく》させたのは、私たちが小さいころから教えられ、当然のごとく身についている服の着方、あつかい方も知らずに大人になった人びとがいるという現実だった。

小学校中退、理由は貧困

アフリカ諸国の共通の問題点として、教育水準の低さが上げられるが、ここザンジバルも例外ではなく、小学校中退者がごろごろしている。教育を受けずに育った世代が大人になり、ザンジバルの中心になっている、という状況《じょうきょう》だ。カクメイジ号のメンバーでは、チバをのぞいて、全員小学校の一、二年でやめてしまった人ばかり。もちろん字は読めないし、自分の名前だって書けない。

初等教育の大切さ、私たちはザンジバルに住めば住むほどこれを実感する。

たとえば市場で、卵を十個買う。一個、六シリングの卵、十個なら六十シリングに決まっているので、六十シリングを店のおじさんに渡して行こうとすると、「ンゴジャ・キドーゴ」（ちょっと待ってくれ）と呼び止められる。

「うーん、一個が六シリング、二個で十二シリング……五個で……うーん」

算数でかけ算を習わなかったおじさんは、一から十まで一個ずつ足していくしかないのだ。

たとえば、排水管《はいすいかん》の流れが悪いのでフンディ（水道屋）を呼ぶ。理科で、水は高いところから低いところに流れると習わなかったフンディは、平気でパイプを水の流れと逆につけてしまい、当然のことながら水は逆流。結局、別のフンディを呼んでやり直すことになってしまう。

たとえば時間の観念。十時の約束に平気で一時間でも二時間でも遅《おく》れる。時計をもっている人はほとんどなく、モスクから聞こえる一日五回のお祈《いの》りの声と、太陽の位置でだいたいの時を感じて生活している人びと。時の観念はもちろん、時計のよみ方だって知らないのだから、時間を守れるわけがない。

ある日私たちは、一歳《さい》から十四歳まで六人の子どもがいるスビラの家に遊びに行った。小学校三年生のエディに、おみやげの絵本を渡すと大喜び。いつの間に来たのか近所の子まで集まって本をながめている。私はおおいに自己満足。そんな中で、エディの友だちのイサカが私のそばに来てこう言った。

「ねえ、ぼくにも本ちょうだい。お母さんが喜ぶから」

「どうしてお母さんが喜ぶの?」

「だってマンダジ包むのにちょうどいいんだもん」

それを聞いた私は、「本はマンダジ包むためにあるんじゃないよ! イサカには絶対に本なんかあげない!」とおとなげもなくさけんでしまった。

でも、家の手伝いに明け暮れてろくに学校に通っていないイサカは、十一歳になっても字が読めない。字が読めないイサカにとって本なんて紙の束だ。お母さんは家計を助けるために、毎日朝早くからマンダジを揚《あ》げている。マンダジを入れたお盆《ぼん》を頭に乗せて売りに行くのは、長男のイサカの役目だ。そのマンダジを包む紙だってろくにないので、大人が読み終わった新聞紙をもらって、それをまた小さく千切ってマンダジを包むのだ。そんなイサカには、その本が、「とても立派な包装紙」のかたまりに見えたのだろう。

ゴミ問題

たとえばゴミあさりの子どもたち。学校でも家庭でも衛生について習わないザンジバルの子どもたちは、平気で異臭《いしゅう》を放つゴミの山に裸足《はだし》で入り、ゴミをあさる。私がきっちり縛《しば》って出したゴミの袋《ふくろ》を、平気で破って中をひっかきまわすところを目撃《もくげき》したときは、思わず激怒《げきど》。「あんたたち、なにやってるの！」と、ひっかきまわしている子の首ねっこをつかんですごんだものだ。

ザンジバルでは分別ゴミもなければ、ゴミの日もない。私たちのアパートのちょうど目の前がゴミ捨て場になっており、囲いもなにもないところに人びとがあっちこっちから捨てにきて、ゴミはたいていいつも山盛り状態、雨期などゴミと泥が混ざってまさに蚊《か》の絶好の繁殖《はんしょく》地だ。蚊、ハエ、ゴキブリ、ネズミ……。ゴミ収集車はこれまた適当、高さ約五メートルのゴミ山が一週間も放置されることだってざらだ。

私はその当時、ゴミをあさる子どもの存在が一番許せなくて、ゴミ山に登っている子を見るたびに追いはらっていたので、「日本人のうるさいおばさん」として定着しており、私がゴミ山のそばを通るとそのときだけパーッと子どもたちが散って、またしばらくすると戻《もど》ってくる、という感じになっていた。

そんなある日、私は漁師のチバにこう言った。

「あんな汚《きたな》いゴミの中に入ってゴミをあさる子がいるなんて、信じられない。それにしてもあの子のお母さんたちはなにやっているのかな。自分の子があんな不潔なゴミの中に入っているのに、どうして止めさせないんだろう。それにゴミをあさるなんて人間としてすごく恥《は》ずかしいことだって、どうしてしっかり教えないんだろう」

私が怒《いか》りで興奮《こうふん》して話すのを穏《おだ》やかな表情で聞いていたチバは、こう言った。

「ぼくも子どものころ、ゴミをあさったことがあるよ。ぼくの家は昔から貧乏《びんぼう》だったから、人の捨てたゴミの中から空き缶《かん》を探して売ったり、油の入ってた瓶《びん》を家に持って帰って逆さにして置いておくんだ。そんな瓶が五本もたまれば、結構一回分の料理に使えるんだよ。お母さんはゴミをあさるぼくを叱《しか》ったことなんてなかったから、ぼくは大人になるまで、ゴミをあさることが恥ずかしいとか、汚いとか考えたことなかったな」

私はなにも言えなくなった。そんな私に、チバはこう続けてくれた。

「でも、今ユミコが言ったとおり、ゴミはたしかに汚いし不潔で危険だ。それに、自分の出したゴミをひっくり返される人の気持ちだって、考えたことなかったな。そういうこと教えてくれる人が、一人もいなかったから。ぼくは自分の子どもには絶対にゴミをあさらせない親になるよ」

そして、最後にチバはこうつけ加えた。

「でもね、ユミコがゴミとして出す物の中には、貧しいザンジバルの子どもたちにとったらまだまだ利用できる物、拾って帰ったらお母さんに喜ばれる物が入っているかもしれないってことも、考えてやってほしいんだ」

たとえば、ゴミの投げ捨て。学校でも、家庭でも、ゴミを外に投げ捨ててはいけないと習っていない人びとは、アパートの階段を下りるのが面倒《めんどう》とばかり、上から下を見もしないでなんでも投げ捨てる。掃除《そうじ》した後のちりをポイ、かじりかけのキャッサバ芋《いも》をポイ、ピーナッツの皮をポイ。挙げ句の果てには、芋のゆで汁《じる》を熱いままザバッなんてことだって、日常茶飯事だ。

ザンジバルの人はそれを見越《こ》しているので、アパートのベランダ側はほとんど通らない。そんなこと知らなかった私たちは、歩いていると突然《とつぜん》空から降ってくる果物の皮や、砂、紙くず、芋の切れっぱしに驚き、いきどおったものだ。

そして、ゴミを投げ捨てているのは、子どもよりも一家の主婦たち、つまりはお母さんの方が多いことに驚いた。

私たちの家に来る人も、すぐベランダから物を捨てようとするので、私たちはいまだに繰り返して言う。

「これがゴミ箱、ここにちゃんと捨てて」

「ベランダから投げ捨てたら誰に当たるかわからないし、街が汚れるからやめろ」……。

しかし、これこそ親や先生が、算数や理科を教える前に子どもたちにまず言うべきせりふではないのだろうか。やっていいことと悪いことの区別をはっきり教える、そして日常の基本的習慣をつける、これが初等教育と家庭教育の原点だと私は思う。

ザンジバルの生活の中で、私は何度も音を上げ、ヒステリーをおこした。

「あそこの店のおじさん、いい加減にしてほしい。なんであの歳になって、卵十個の計算ができないのよ」

「もういや！　五分もかからない、すぐそこだっていうからついて行ったら一時間以上歩かされたのよ」

私がザンジバルの人びとをけなすたび、島岡はきびしくこう言った。

「じゃあおまえは、誰にも習わないで九九ができたのか？　時計のよみ方、誰に教わったんだ？　おまえは学校に行くのをやめて家の手伝いをしたことがあるのか？　そんなことも考えないで人をばかあつかいするおまえの方がよっぽどばかだ！　科挙の試験に受かるぐらい頭のよかった朱徳《しゅとく》だって、常に学のない文盲《もんもう》の農民たちから生きる姿勢を謙虚《けんきょ》に学んでいたんだぞ。おまえももっと謙虚になれ」

私にはどうしても理解できない彼らの言動の多くが、貧困と教育を受けていないことに関連していると気づくまで、何度も何度もこういう会話が繰り返された。

とはいうものの、もちろん島岡にとまどいがなかったわけではない。世界をまわる中で、いろいろな経験は積んでいても、実際にアフリカに住んで、日々接するアフリカの人びとは、想像していたよりずっと手強かったようだ。ただ、私は嫌なことがあるとすぐに、アフリカ人はばかだとなじり、彼らとは一緒にやっていけないと投げ出したが、島岡はそうではなかった。

「奴隷《どれい》根性」の理由

キャプテンのムカンガーが二枚目のレインコートをくれと言ったとき、私は「自分で破いておいて、なに言ってるの？」と思った。ザンジバルの人たちが仕事がないという相談にくるだけでなく、全然知らない人がしょっぱなから金をくれと言ってくることもあった。そんなとき、私は「彼らは、肌の白い人からなにかをもらうのは当然と思っている。こんな人間としてのプライドがない人たちの面倒を見ることはない」と思った。

でも、島岡は、「アフリカ人のプライドをぶち壊《こわ》したことこそ、奴隷制や植民地制度の罪悪だ」と言った。

「アフリカは白人に『発見』されて以来、奴隷と植民地の歴史だ。アフリカの人びとは、長いあいだずっと商品として売買されていた。奴隷貿易が禁止されてからも、アフリカは白人の手で好きなように分割され、長いあいだ植民地制度がまかり通ってきた。そしてやっと国単位の独立が与えられてからの歴史は、（一九八八年の当時から考えれば）たかだか三十年そこそこにすぎない。彼らの持つ奴隷根性は、白人による長い支配によって植えつけられてきたものだ。

それに比べて、日本人は日本人だけで長いあいだ国家を運営し、日本独自の文化を持ち、日本人としての誇りも持てるようなきちんとした教育制度もあった。第二次世界大戦に負けたときだって、日本はアメリカの占領下《せんりょうか》となったが、植民地とはなっていない。そのときの日本人の悲願は、日本復興だったはずだ。そういう国を憂《うれ》う気持ちを日本人全体が持てたということ自体、代々日本人がつちかってきた文化、教育、歴史に大きく左右されているんだよ」


ザンジバルの人の中には、「植民地時代の方が過ごしやすくて良かった」とか、「俺の祖母は、そのむかし、スルタンの王宮で奴隷にされていたけれど、その間はいい服ももらえるし、食べ物も豊富で苦労なんかなかったのに、奴隷から解放されたら、なんの保障もなく落ちぶれてしまったから、いつも『奴隷時代の方がずっと良かった』と言っていたよ」と言う人までいる。

「白人は奴隷や植民地政策で、アフリカを食い物にしてきたんだから、国が独立した今、白人がアフリカの国を援助《えんじょ》するのは当たり前だ」と言う人に向かって、島岡が「どういう事情があったにせよ過去の白人の贖罪《しょくざい》だけに目を向けていても始まらない。タンザニアを自分たちだけの力でなんとかしようと思わないのか」と言っても、十中八九こういう言葉が返ってくる。

「外国からの援助なしで国が成り立つわけがない。タンザニアもアフリカも世界からずっと遅れているんだから」

「人から物をもらって暮らしていければそれでいいのか？」

「富める者が貧しい者に施《ほどこ》しをするのは当たり前だとコーランにも書いてある。リッチな国が貧しい国に援助するのは当然で、貧乏な俺たちがリッチな白人から施しを受けるのは当然だ」

ザンジバルには、職がなくて昼間からトランプをしたり、ただただ外でぼーっと座っている働き盛りの男たちがあちこちにいる。それでも不思議に飢《う》え死にする人はまずいない。なぜなら、大家族制度が残っているから、家族の一人でも稼《かせ》ぎ手がいれば、遠い親戚《しんせき》までもがその人を頼《たよ》って集まり、ある者は居候と化し、ある者は生活費を乞《こ》う。もちろんそういう自分を不甲斐《ふがい》ないと思う人もいるが、そういう立場に慣れきって、職があっても仕事をしない怠《なま》け者も少なくない。そこに、人間は自立してこそ価値があり、それができないことは恥ずかしいことだという意識がないからだ。

私はそういう姿を、人間としてのプライドのないただの怠け者と一蹴したが、島岡は、彼らの姿をこう分析《ぶんせき》した。

「もちろん、働きながら自立して生きることが人間の本来あるべき姿だ。しかし、奴隷として人権を剥奪《はくだつ》され、植民地として労働の正しい報酬《ほうしゅう》もなくむやみに働かされ、挙げ句の果ては自分たちのあずかり知らぬところで、地図上で分割されて決められた国境によって国となったという歴史を考えれば、なにが人間の行きる道かなどということを考えたって仕方のない次元のことばかり今までのアフリカには起こってきたんだ。現に南アフリカにはいまだにアパルトヘイトがまかりとおっているじゃないか。

日本人が、長い歴史や教育の中でつちかってきた日本人としての愛国心やプライドが、彼らには決定的に欠けているんだ。しかし、それは長い時間をかけて、外力によってコントロールされてきたことが大きいし、プライドを持てるまでの国としての歴史や文化がなく、絶対的な貧困から来る教育の不足もあるんだよ」

アフリカに住むには、そんなことまで考えなくてはいけないのかと気が遠くなる思いだったが、たしかにそうでも考えなければやっていられないことの連続だった。私は彼らとのギャップがなかなか埋《う》められなかったし、理解しようとするよりも、この人たちと一緒にやっていけないし、やっていってなんになるのかと投げやりになった。

自分の持つ常識や、その人のために良かれと思ったことが通用しない相手とつきあう、それはとても根気のいる、そしてふつうの人にとっては大変なことだ。というよりも、たいていは、そんな相手とつきあう必要はないと、途中で関係を絶ち切ってしまうだろう。

「ゲバラが数カ月でアフリカ（コンゴ）を去り、自分の常識、文化が通用する南米に的をしぼった気持ち、俺にはよく理解できるよ」と島岡は言っていた。とは言うものの、もちろん島岡にはアフリカから去るつもりは毛頭なく、逆に彼らの常識、文化を学び、分析することで、根本は教育と貧困にあるという結論を出し、そこから理解を深めようとしていた。

島岡も、当時は私を諭《さと》しながら、自分でも想像以上のことに出くわして大変だっただろうと思うが、私には彼の心を思いやる余裕《よゆう》なんてまったくなかった。でも、島岡がよく言っていた言葉だけは覚えている。

「後生《こうせい》おそるべしって言うだろう。俺たちは先人たちより後に生まれたものとして、彼らができなかったことをやっていかなくてはいけないんだ。後から生まれた俺たちが、先人と同じようなところでつまづいていたら、人類の歴史は後退してしまうんだからな」

島岡は、なにが起こっても私のように怒ったりヒステリーを起こしたりせず、この言葉を自分で言い聞かせるように繰り返しながら、毎日同じ顔をぶら下げてさまざまなことにあたっていた。

異文化を学ぶ

ザンジバルの人びとの生活にふれる中で、「そんなばかな！」と思ってしまう驚きと同じぐらい、「そんな考えもあったのか！」という尊敬をふくめた驚きも山ほどある。

壊れたピキピキ（オートバイ）を、空き缶のふたはもちろん、ときには粉石けんが入っていたダンボール箱まで使って動くようにしてしまうフンディ（エンジニア）、破れたプラスティック製のたらいを、まるで外科手術のように器用に縫《ぬ》ってなおしてしまうフンディ（修理屋）。厚い板を火で焙《あぶ》って三人がかりで曲げ、一週間ほど石で重しをして、板に見事なカーブをつけてしまう船職人。

炭を鍋《なべ》の下とふたの上の両方からおこして、自家製天火で見事にケーキ、ビスケット、パンなどを焼いてしまうザンジバルの主婦たち。

どの本をみても「弱火でこがしすぎないようにゆっくり砂糖を煮《に》ましょう」と書いてあるプリンのカラメルソースを作るとき、炭でガンガンに熱した鍋の中、手でガバッと無造作につかんだ砂糖をボンッと投げこんだとたんに、砂糖がジュッと溶《と》けて、一瞬《いっしゅん》でカラメルソースができたのを目の前で見たときは、とても感激した。

ザンジバルは、慢性《まんせい》的水不足。だから主婦は皆、水の使い方のプロだ。皿洗いには、たらい二つ分の水、汚れた皿をまず洗剤《せんざい》や砂をつけたココナッツの皮や縄《なわ》で下洗い、右の手のひらで器用に水をすくいながら石けんの泡《あわ》を落とす。そして、二つのたらいで順番にすすいででき上がり。残った水は鍋磨《みが》きに使う。

ザンジバルでは今も炭、薪《たきぎ》、灯油ストーブが一般《いっぱん》的なので、一回料理すると煤《すす》で見事に真っ黒になるが、その真っ黒な鍋を、ザンジバルの主婦は毎日ピカピカになるまで磨く。磨くのは手と砂、私も一緒に磨いてみたら、一発で手の皮が剥《む》けてしまった。どこの家でもお鍋がピカピカなので、私も見習って一生懸命《けんめい》、鍋を磨いた時期もあったが、すぐにギブアップ、我が家の鍋の裏側は真っ黒だ。きっと皆から「ユミコの鍋はまっ黒」と思われていることだろう。

水といえば、忘れられない思い出がある。船のメンバー、ジュマの家に招かれたときのことだ。ジュマの家は、街から五キロほど離《はな》れた、電気もない村にある。日中、肌を焦《こ》がすような太陽の下を歩いて行ったので、家に着いたころにはとても喉《のど》が乾いていた。奥《おく》さんのザイナブが、欠けたコップに水を持ってきた。

「カリブニ・マジ」（水をどうぞ）

水は一杯《いっぱい》だけなので、私たちとジュマの三人でまわし飲みした。

彼の家に行く途中に、土の中にある水道を見た。まるで、井戸《いど》のように地面に穴があいていて、その奥に蛇口《じゃぐち》が見えていた。バケツに水をくむあいだ、子どもたちは皆でじゃれて遊び、奥さんたちはおしゃべりをしている。蛇口から出る水は、ポタリポタリとしずく状。水の入ったバケツを頭に乗せて運んでいる女性もいる。

この水も、ザイナブが長い時間と重たい思いをしてくんできてくれたものだったのだ。私たちは、心から言った。

「アサンテ・サーナ」（どうもありがとう）

ザイナブの出してくれた一杯の水は、私たちの喉と心にしみわたった。

アフリカの生活に、なかなかなじめないでいた私に、島岡はこう言ったことがある。

「日本人ってことにこだわらないで、俺たちは地球人って考えてみろよ。世界のいろいろな暮らしを見ていいところを取り入れ、そうじゃないところは除いていけばいいんだ」

異文化を学ぶとは、まさにそういうことだったのだ。

鍋磨きは、素手で砂を使うのが基本。バナナの木に立てかけてあるのは、鍋のふた。

井戸の水はおいしい！……が、公共の井戸のバケツに口をつけて飲むのはやめたほうがいいのでは？

マラリア

ザンジバルとマラリア

ザンジバルにおいて、長いあいだ、死因のトップはマラリアだった。

マラリアは、ハマダラ蚊《か》に刺《さ》され、体内にマラリア原虫を注入されることによって発病する。伝染病だと思っている人が多いが、そうではなく、あくまでもハマダラ蚊が媒介《ばいかい》となっておこる熱病であり、空気感染や経口感染等はしない。病型は数種類あり、潜伏《せんぷく》期間も一週間から一カ月とまちまちだが、症状《しょうじょう》は、四十度ぐらいの発熱と寒気が繰《く》り返され、発汗《はっかん》、頭痛、嘔吐《おうと》、四肢痛《ししつう》、下痢《げり》などを示すことが多い。とはいえ、高熱をともなわないマラリアもある。だるさだけが続き熱が出ないマラリア、関節痛や頭痛だけがひどいマラリア、下痢をともなうマラリア……。本当にさまざまな症状があるので、ザンジバルの人は少しでも体の調子がおかしいと、まずマラリアを疑ってみる。

マラリアは、一度罹《かか》ったら免疫《めんえき》ができる病気と違《ちが》い、ハマダラ蚊に刺されれば何度でもなる。しかし、高温多雨の典型的熱帯性気候のザンジバルで、蚊に刺されずに生活するのは不可能だ。

マラリアは死に至る病気ではあるが、そのマラリア原虫に効く薬さえ飲めば、抵抗《ていこう》力のある者ならば、大抵の場合は治る。しかし、いつの時代も医療《いりょう》の進歩を嘲笑《あざわら》うようにマラリア原虫は強くなり、新薬が開発されれば一時期は勢いをなくすが、必ずその薬を上まわる力を持った原虫が現れる。

そのむかし、一世を風靡《ふうび》したクロロキンは今でもよく使われているが、クロロキン耐性《たいせい》の原虫が多くなり、以前のような頼《たの》もしさはなくなった。中国革命中にもマラリアに倒《たお》れた毛沢東《もうたくとう》や周恩来《しゅうおんらい》を救い、南方戦線のジャングルで、次々と倒《たお》れる日本兵を救い、今でもその効力と副作用の強さで一目置かれるキニーネにまで耐性を持つ原虫が現れた。

柔道《じゅうどう》の弟子、アブダラの四歳《さい》の次女は、ある日突然《とつぜん》発熱した。血液検査の結果は陽性、子ども用のクロロキンシロップを飲ませたが、熱は下がらず、次女は一晩中苦しんだ。朝一番で病院に運んだが、病院の待合室は順番待ちの人であふれている。医者や看護婦にそっと握《にぎ》らせる金もないアブダラは、だんだん衰弱《すいじゃく》する次女をただ抱《だ》きしめてやることしかできなかった。五時間後、四歳の次女は医者にも診《み》てもらえないまま、アブダラの腕《うで》の中で息をひきとった。

アブダラは四人娘《むすめ》のうち、この次女を一番かわいがっていた。男の子のように柔道の真似をし、アブダラが自転車に乗ろうとするとちゃっかり先に後ろ座席に座っているような、そんな茶目っ気のあるかわいい娘だった。アブダラは葬式《そうしき》から一週間後、がっくり肩《かた》を落としながら島岡に会いに来てこうつぶやいた。

「センセイ、いったいいつの時代になったらマラリアがなくなるのでしょう」

マラリア闘病《とうびょう》記

新たに日本から赤畳《たたみ》が届き、五十畳《じょう》となった青空道場に、本土チームを迎《むか》え、圧勝した。三カ月の予定が大幅《おおはば》に遅《おく》れて、丸一年かかったカクメイジ三号がやっと完成し、キャプテン・ベンジューを迎え、幸先のいいスタートを切った。今にして思えば、すべてがうまく行き出して、ほっと気が緩《ゆる》んだときだった。

ある日、腰《こし》と膝《ひざ》が痛みだし、体がやけにだるくなった。そのころ、青空道場に女性が二人入門したので、私も柔道着を着て、練習に参加するようになっていた。だから、最初は柔道の筋肉痛かと思っていたが、翌日になってもひどくだるいので、念のためマラリアの血液検査に行った。

結果は陽性。診療《しんりょう》所の医者から処方された薬を飲んだが、効果がなく、その後、熱がどんどん上がり、四十度を超《こ》えてしまった。ひどい頭痛と悪寒に襲《おそ》われ、部屋の温度は三十五度もあるのに寒くて寒くて震《ふる》えてしまう。次に、即効《そっこう》性があり、その当時マラリアの特効薬というふれこみで発売されていた薬を飲んだが、熱はいっこうに下がらない。割れるような頭痛と関節痛に加え、熱さと悪寒が交互《こうご》にやってきた。

次に、キニーネの錠剤《じょうざい》を処方された。キニーネは効力が強い代わりに強い副作用があるので、ザンジバルの人でもよほどのときしか使わない薬だ。しかし、丸三日たってもあいかわらず、四十度を超す熱と悪寒に繰り返し襲われるうえ、副作用による嘔吐感ですっかりまいってしまった。

その後も病状は良くなる気配がなく、診療所の医者からインド系の病院を紹介《しょうかい》され、入院。ここでも処方されたキニーネの効果はなく、高熱が続く中、インド人ドクターは「ノープロブレム」(問題ない)を連発するのみで、誠意が感じられず、院内も劣悪《れつあく》な環境《かんきょう》だったので退院を希望し、自宅に帰った。

柔道の弟子たちが、ザンジバルで腕がいいと評判のドゥーチ医師を呼んで来てくれた。

また別の薬を投与《とうよ》されたが、一日数回四十度を超す高熱と悪寒が繰り返されるという病状に変化はなく、その後もあらゆる投薬を試みても同じだった。副作用で、耳鳴りや嘔吐感が激しく、苦しさしか感じない。

そんな中、島岡が私の血液を持って行った診療所で、ドクター・ハミシィと出会い、私の病状を説明すると「私なら治せる」と豪語《ごうご》。「それなら今すぐ来てくれ」ということになった。

診察《しんさつ》の後、その場でまたもキニーネ点滴《てんてき》を開始。一回処方されたら、マラリアが治っても一週間は寝《ね》こむと言われるほど副作用が強いキニーネを、すでに三回も投与されていたが、やはりキニーネ以外にこのマラリア原虫と闘える薬はないということで、四回目の投与となり、島岡が釣り竿《ざお》と椅子《いす》で点滴《てんてき》の設備を作ってくれた。

キニーネの副作用で、耳の中は一日中小川がさらさら流れているような音がする。嘔吐感、悪心、貧血がひどく、ただただベッドにひっくり返っているのみ。期待も虚《むな》しく、病状は変わらず、頭痛、高熱、悪寒が繰り返し襲ってくる。

マラリア発症から三週間ほどたったときに、宮城さんが国境を越《こ》えてケニアから駆《か》けつけてくれ、「由美子さん、一緒にナイロビに行こうね」と言った。宮城さんは、私を空輸して（フライング・ドクターといって救急車代わりに、医者も看護器具もそろった救急飛行機で、緊急患者《きんきゅうかんじゃ》を空輸するシステムがある）、東アフリカで一番施設《しせつ》の整ったナイロビ病院に運ぶという、心づもりをしていたのだ。

島岡は、マラリアの少ないナイロビの大病院に運んでも手当ての仕方は変わらない、それよりもマラリアのメッカであるザンジバルから動かさず、薬を変えて投与する方がいい、という意見であり、ドクターもそれを勧《すす》めた。

あいかわらず一日数回四十度の高熱、悪寒を繰り返す中、効力が強いが、副作用がキニーネよりも強い薬を使用することになった。もう矢でも鉄砲《てっぽう》でも持って来い、どうせもう、副作用とマラリアで体はがたがた、これ以上気持ち悪くなったりすることはないだろう、と思っていたが、それは甘《あま》かった。

この薬の威力《いりょく》はすさまじく、投与して数時間後には手が震え、箸《はし》も使えなくなった。頭を少しでも起こすとめまいに襲われるので、食事はベッドに枕を重ね、頭を枕《まくら》につけたままでしかできなくなった。しかも、通常六錠《じょう》のところ、十錠を飲むようにという指示だった。もう危険だと躊躇《ちゅうちょ》している余裕《よゆう》はない。薬が原虫に勝つまで私の体力がもつか、一か八かの賭《か》けだったが、それでも熱が下がらず、ドクターの持ち駒《ごま》もなくなってしまった。私は手足の震えに加えて嘔吐感がさらにひどくなり、本当に治るのかと、暗澹《あんたん》たる気持ちになっていた。

そのとき島岡は、少し前に見舞《みま》いに来たサイディが言っていたことを思い出し、ドクターに伝えた。それは、「中国には、市販《しはん》はされていないが、中国で開発されたマラリアの特効薬がある。マラリア汚染《おせん》地域に行く中国人ドクターだけが極秘で持っていて、重いマラリアで、現地の薬が効かないときの最後の手段として、同胞《どうほう》のためだけに使うマル秘特効薬らしい」という噂《うわさ》だった。

薬を使い果たし、なすすべもなく寝ていると、ドクターがその幻《まぼろし》の特効薬を持って駆けこんできた。中国人ドクターに直談判して譲ってもらったという。

しかし、その薬を目の前にしてドクターがおよび腰になってしまった。

「私はユミコにこの薬の投与はできない。彼女《かのじょ》の体にはもう強い薬が入りすぎている。体力のない人ならもうとっくに死んでいるような薬の量と衰弱度だ。それに、私にとって、この薬は初めてだ。この薬のショックで死んでしまうかもしれない。やっぱり、今からナイロビ病院に送ろう」

それを聞いた島岡は、すかさず言った。「医者のおまえがここで逃《に》げ出してどうする。ユミコが今この薬を使って死んだとしても、それはこいつの運命だ。そして、全責任は俺《おれ》が取る。たとえどんなことになろうが、文句はつけない。一カ月半にわたる多量の薬の投与で衰弱しきっているこいつをナイロビ病院に運んだところで、大病院ではまた初めのクロロキンから投薬し始めるだろう。それがどういうことか一番わかっているのはドクター自身だろ。ユミコにはもう次々に投与される薬に耐《た》えるだけの体力は残っていない。もうこの薬に賭けるしかないんだ。ドクター、今すぐユミコにこの注射を打ってくれ」

本当にこれが最後の賭けだった。もう今から何種類もの投薬に耐えられる体力は残っていないのは、自分が一番わかっていた。柔道の弟子、カクメイジ号の漁師たち、そしてほかのたくさんの仲間がこの一週間ほど、毎日顔を見に来てくれていた。それは、二、三週間前の見舞いとは明らかに雰囲気《ふんいき》が違っていた。彼らも、口にこそ出さないが私の死を予感し始めていたのだ。

しかし、私は死ななかった。その中国製マル秘特効薬が効いたのだ。

特効薬の名はアテメサリー、一日一本、五日間の注射だ。アテメサリーはじわじわと、しかし確実に私の中のマラリア原虫に打ち勝ち、あれほどどの薬を使っても下がりきらなかった熱が、五本打ち終わった日には三十六度台の平熱に下がった。その後数日三十七度台の熱が出たが、その後はピタリと出なくなった。あの嫌《いや》な膝の痛みもなくなった。アテメサリーが、あの強力なマラリアをついに滅《ほろ》ぼしてくれたのだ。

アテメサリーは島岡だった。ドクターだった。ファトゥマであり、宮城さんだった。サマッドであり、バブであり、ヌンダだった。ザンジバルの仲間たちであり、日本の人びとだった。私は、彼らによって命を救われたのだ。

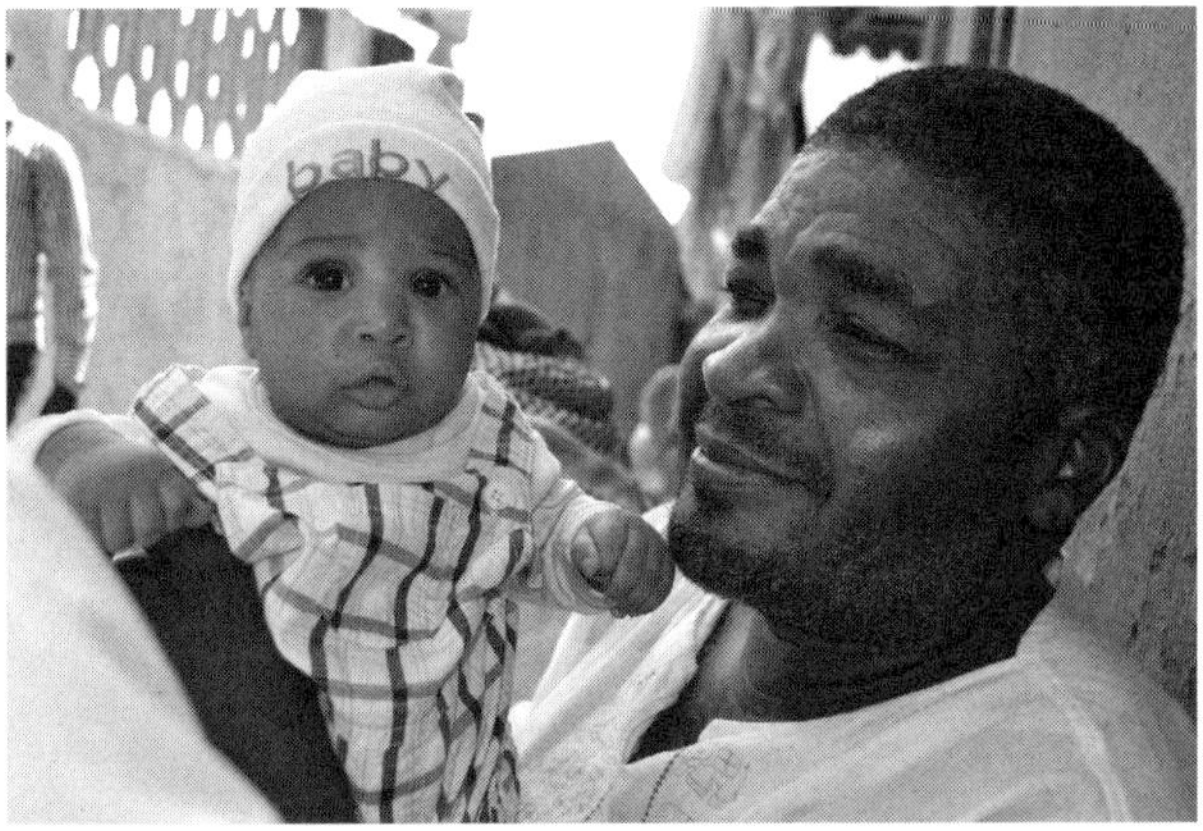

(上)初孫を抱くドクターハミシィ(2018年)。もちろん家は完成し、7人の子どもたちもすっかり大きくなった。

(下)「ムガンガ(呪術師)による民間療法風景」ティンガティンガ・アート　byチャリンダ

生きる喜び

マラリアの苦しみ

マラリアに罹《かか》ると、一日に何度も高熱と悪寒に繰《く》り返し襲《おそ》われ、そのたびにすごい量の汗《あせ》をかく。シーツも寝巻《ねま》きもそのたびにぐっしょり濡《ぬ》れてしまう。洗濯《せんたく》機に放りこんでスイッチを押《お》すだけの日本と違《ちが》い、ここではすべて手洗いだ。しかも、ドラム缶《かん》の水の量と相談しながらやらなくてはならない。ベッドに寝ている私には、洗濯に立つ力はない。島岡も私の看病と人の応対で精いっぱい、とても洗濯まで手がまわらない。

洗濯物はあっという間に山のようにたまってしまった。そんな状況《じょうきょう》を見たファトゥマが、ママユウが、自分から洗濯を申し出てくれた。後半からは宮城さんが洗ってくれた。私はそれまで母親以外の人に、自分の汚《よご》し物を洗ってもらうことになるなんて考えたこともなかった。「こんなことなんでもないよ」と笑って言ってくれる彼女《かのじょ》らに、本当に頭が下がった。ありがたかった。そして、自分の汗で汚した寝巻きやシーツまで人に洗ってもらっている自分が、情けなくてどうしようもなかった。

ファトゥマは、私のマラリアを知ると毎日毎日来てくれた。島岡には漁と柔道《じゅうどう》がある。いくら私がマラリアでも休んでいるわけにはいかない。ファトゥマはその間いつも私の枕元《まくらもと》につき添《そ》ってくれていた。マラリアと強い薬の副作用のダブルパンチでまったく食欲のない私は、大好きな果物でさえ口にふくむと嘔吐感《おうと》に襲われる。

そんな私に、ファトゥマはジュースなら飲みやすいからと、毎日オレンジジュースを作ってくれた。ジュースを作るにもミキサーなどない。ファトゥマが一つ一つ手でしぼってくれる、まさしくしぼりたて、一〇〇パーセント天然果汁《かじゅう》だ。ファトゥマ特製の栄養と愛情入りジュースが、私の体と心を支えてくれた。


キニーネを初めとする数種類の投薬の後に、最も副作用の強い薬が体内に入り、私の体はがたがたになった。もうベッドから一人で起き上がることすらできない。すさまじい嘔吐感がひっきりなしに襲ってくる。それでも島岡は、私に「吐《は》けばそれだけ体力を消耗《しょうもう》する。できるだけ吐くな」と言った。吐くのも苦しいが、吐かないでいるのはもっと苦しい。ベッドで苦しむ私に、ファトゥマが台所から塩を持ってきてくれた。

「ユミコ、塩を少し舌の上に乗せてごらん。嘔吐感がやわらぐよ。ザンジバルではキチェフチェフ（嘔吐感）のとき、こうやって塩をなめろってお年寄りから教わるのよ」

私は半信半疑だったが、わらにもすがりたいときだ。ファトゥマの言うとおりに、少し口にふくんでみた。なんとなく嘔吐感がやわらぐような気がする。嘔吐感が襲ってくるとまた塩を口にふくませ我慢《がまん》する。薬のない時代、葉を煎《せん》じ、塩をなめて代々マラリアと闘ってきた人たちの知恵《ちえ》が現代に生きている。そしてその知恵が、時代を超《こ》えて私をも救ってくれた。

四十度を超す高熱がでている最中なのに、がたがた震《ふる》え、歯がかちかち音を立てるような激しい悪寒が襲ってくる。部屋の中は三十五度を超す暑さなのに、私は寝袋《ねぶくろ》をすっぽり被《かぶ》って震えている。それが終わると今度は猛烈《もうれつ》に熱くなり、体中から汗が吹《ふ》き出してくる。

暑くなったら寝袋をどければいいが、問題は寒くなってきたときだ。寝袋も汗に濡れるので、部屋に吊《つ》るしてあるロープにかけておく。寒気がくると誰《だれ》かに取ってもらう。ベッドからほんの一メートルの距離《きょり》なのだが、ひどい発作のときはそれがどうしても取りにいけないのだ。

私がマラリアで倒《たお》れてからも、連日来客があり、夜中まで居座る人もいた。島岡はどんな相手とでも一期一会、来る者拒《こば》まず去る者追わず、それは私が病気になろうとまったく変わらなかった。

寒気は突然《とつぜん》やってくる。がちがち震え、全身に鳥肌《とりはだ》が立ち、歯の根が噛《か》み合わない。島岡はちょくちょく見に来てくれるが、それでもいつもそのときに居合わせるとはかぎらない。私は「島岡さん、寝袋取って」とさけぶが、ほとんど声にならない。私は、がちがち震えながら、こんなときまで自分の信条を曲げない島岡に対しても不満を感じていた。

島岡はこのころ、ほとんど寝ていなかった。私は夜中にも二度も三度も寒気と暑さを繰り返す。そのたびにびしょぬれになるシーツを替《か》え、寝巻きを替え、寝袋をかけ、額のタオルを取り替えてくれる。ほとんど眠《ねむ》っている間がない。私は自分が一番負担をかけているのを棚《たな》に上げて、彼《かれ》のことをなじった。

「こんなときにまで人の家に来て、夜中まで居座るなんて、非常識にもほどがある。自分のことしか考えてないやつのために、どうして島岡さんはそこまで人につき合うの？」

「帰れというのは簡単だ。でもそれはあくまでも俺《おれ》たちの都合だ。こういうときにでもきちんと人を受け入れることができなければ、本当の一期一会じゃない」

人びとに支えられて

マラリアと強い薬の副作用で、食欲はまるでなく、常に嘔吐感が襲ってくる。

私の場合は、マラリアのメッカであるザンジバルで三人の医者に見放されたほど重症《じゅうしょう》だったので、その衰弱《すいじゃく》は半端《はんぱ》ではなかった。そんな体を支えるにはとにかく食すこと。ひっきりなしに襲ってくる嘔吐感は、食べる気力をなくさせる。頭痛は食欲を忘れさせ、高熱は食事に起きるのもおっくうにさせる。しかし、島岡はそんな私を許さなかった。

ベッドでぐったりしている私に対し、「食事ができたから起きろ」と言う。ベッドで寝ているだけでも嘔吐感があるのだから、なにか口にふくもうものならどうなるかは誰でもわかるだろう。一口食べることに、飲みこむことに、苦しくて涙《なみだ》が出てくる。残したい、早くベッドに横になりたい。だが、島岡は許してくれない。「マラリアだからって甘《あま》えるんじゃない」と言われ続けた。

私だって好きでこうしてるんじゃない、甘えてなんかいない、本当に食べられないのだ。そのときは、そんなこともわかってくれないなんて、なんて冷たい人だろうと思った。食事の時間が拷問《ごうもん》のようだった。

しかし、島岡があのとき、無理にでも私に食べさせてくれてなかったら、途中で体力がつきて、幻《まぼろし》の秘薬アテメサリーに出会う前に死んでいただろう。ドクターは、私の体力と相談しながら投薬していた。ドクターは私のような患者《かんじゃ》を今まで三人診《み》たと言う。そのうち二人は死んでいる。マラリアの毒と、薬の毒に体が耐えられなかったのだ。

次々に強い薬を投与《とうよ》されている私を見て、マラリアに慣れているザンジバルの面々が絶句していた。今思えば島岡は、一口食べるごとに嘔吐しそうになる私とずっと一緒《いっしょ》に食事をしてくれていた。結局は残してしまうことになるのがわかっていて、叱《しか》りつけてでも私が食べられる限界まで食べさせ、泣いても頼《たの》んでもベッドに戻《もど》るのを許さなかった。叱咤《しった》しながら、彼自身食事の味などなかっただろう。丈夫《じょうぶ》な体を授けてくれた両親と、体力の限界を引き延ばしてくれた島岡に、月並みな言葉だが、心から感謝している。

宮城さんは終始、本当に優しかった。洗濯をしてもらうことに恐縮《きょうしゅく》する私に、「気にしないで、私洗濯好きなの。ザンジバルみたいに暑いところでじゃぶじゃぶ洗濯するのって気持ちいいしね」と笑って言ってくれた。

ある日、カクメイジ号の漁師ラジャブが見舞《みま》いに来てくれた。ラジャブは当時四十五歳《さい》、顔はとぼけた感じだが、たくましい漁師の体と腕《うで》を持っていて、自慢《じまん》は大食いなこと。そんなラジャブが大真面目な顔で入ってくると、宮城さんにコップと水を持ってきてくれと頼んだ。ラジャブは水の入ったコップを受けとると、それを机の上に置き、それに向かってコーランを唱え始めた。いつもとぼけているラジャブが真剣《しんけん》な顔で祈《いの》ってくれている。祈り終わるとラジャブは、コップを私の枕元《まくらもと》に置き、「これを飲めば絶対にマラリアが治る。俺が直接アラーの神にお願いしたからな」と言った。

私はラジャブが祈ってくれている姿を見ているときから、涙が止まらなかった。ラジャブの真剣な表情が心に染み、人のために祈る姿に心を打たれ、それが私のためであることに、言葉に表せないほどのありがたみを感じた。宮城さんも隣《となり》で涙を流していた。宮城さんはそのときの私の心を、痛いほど理解してくれていたのだ。

心のこもった看病に恐縮して「すみません」を連発する私に、宮城さんはこう言ってくれた。

「もう、すみませんなんて言わないで。私も西アフリカを旅していたときに、病気に罹って寝こんだことがあるのよ。体が全然動かなくてずっとホテルで寝ていたの、もちろん食事にだって行けない状態でね。そんなとき、ホテルの人たちや、噂《うわさ》を聞きつけた村の人が、毎日毎日食べ物を運んでくれたの、見ず知らずの私のためにね。今でもお世話になった人たちのことをよく思い出すのよ。

でも、遠い国で、名前も知らない大勢の人たちが入れ代わり立ち代わり来てくれたから、名前も顔もよくわからなくて、お世話になった人たちになんのお礼も恩返しもできないままでいるの。それにもし、私を助けてくれた人たちに会えて、今、なにかをしたとしても、あのとき受けた恩を返せるわけじゃないのよね。だから今回、私はこうやって由美子さんの看病ができて、とてもうれしいの。私が直接助けてもらった人たちにはなんの恩返しもできないけど、由美子さんを通して私が受けたもののほんの少しを返すことができているような、そんな気がしているから。だから由美子さんも私に悪いなんて思わないで。そしてマラリアが治ったら、今度は私じゃなくてほかの人に思いを返してあげてね」

宮城さんの優しさが、弱った私の心を温かく包み、マラリアに立ち向かう勇気を与《あた》えてくれた。


マラリアの薬は六時間、八時間、十二時間ごとなど、時間を守りながら投薬される。錠剤《じょうざい》なら患者が自分で飲めばいいのだが、注射、点滴になると、数時間ごとに医者に来てもらわなくてはならない。ドクターは夜中の二時、明け方の四時といった不規則な時間でも、私の注射のために通ってきてくれた。しかし、時間が二、三時間ずれてしまうこともあった。自分のことしか考えられない私は、ドクターが少しでも遅《おく》れると、「ドクターが時間を守らないから薬が効かないんだ」と彼をなじった。薬をいくらかえてもいっこうによくならないとき、「これで治る、これで治るって言って、全然治らないじゃないの」と彼を責めた。しかし、そんなとき彼は私になにも言い返さず、穏《おだ》やかに受け流し、私をなだめてくれた。

マラリアと闘うあいだに、ドクターと私たちには連帯感が生まれていた。彼は、まぎれもない私たちの戦友であった。

マラリアが治ったとき、ドクターは私たちにこう言った。「このままザンジバルにいて、もう一度マラリアに罹ったら、ユミコの命は保証できない。彼女の体は、強い薬でがたがたになっている。薬による副作用は二、三カ月続き、完全に体が元通りになるにはその倍はかかるだろう。彼女の体に、このザンジバルの厳しい気候は毒だ。マラリアが引いた今のうちに日本に行って、日本で静養した方がいい」

ドクターの言うとおり、マラリアは治ったものの、副作用による貧血やめまいがひどく、寝たり起きたりの日々だった。ドクターに言われたとおり日本行きの手配をし、私は島岡と宮城さんにつき添われながら、マラリアのない日本へと向かった。

約二カ月臥《ふ》せっていた私には、外の日差しがとてもまぶしく、アパートの階段は果てしなく長く感じられ、漁師のヌンダに支えられながら、何度も休みながらやっとの思いで下りた。飛行機の中でも待合室でも、トランジットのホテルでも、私はただただ目をつむり、ぐったりとしていただけ。

その状態は日本でもそうだった。なかなか貧血はなおらず、地下鉄に乗ろうとしてプラットホームに立っていたとき、走ってきた電車を見て目がまわり、思わず人ごみの中で座りこんでしまった。それまで健康だけが取り柄《え》だった私は、少しくらい調子が悪くてもいくらでも無理がきいた。しかし、このときは心でいくら頑張《がんば》っても、体がついていかなかった。私は日本でもたくさんの人に心配をかけ、迷惑《めいわく》をかけつつも徐々《じょじょ》に恢復《かいふく》していった。

マラリアのおかげで

日本からザンジバルに帰ってからも、ドクターと私たちの連帯感は深まり、その年のラマダン（断食月）の夕食に招待された。ドクターの家は街から約十キロ離《はな》れた村で、乗合バスの道からずいぶん離れた、舗装《ほそう》もされてない狭い路地の奥にあった。

家は借家で、隣の家と密接して建っているから、ほとんど風が入らない。電気もなく、招き入れられたリビングルームは四畳《じょう》ほどしかない。そこに子ども三人、奥《おく》さん、おばあちゃん、私たち、そして背は低いが相撲《すもう》取りのようにでっぷりしているドクターの八人が、膝《ひざ》を突《つ》き合わせて座るので、きちきちだ。

電気がないので扇風機《せんぷう》もなく、いつもはロウソクだが、その日はわざわざ私たちのために、近所の人からカラバイランプ（灯油ランプだが、カンテラより威力《いりょく》が強く明るい。その分、部屋は暑くなる）を借りてきてくれていたので、部屋は人いきれとカラバイの勢いですごい暑さだった。

帰り、ダラダラ（乗合バス）が通る本道までは街灯もなく、真っ暗だった。がたがた道に加え、昼間に降った雨でぬかるんでいる。私は何度もぬかるみに足を突っこみ、石ころにつまづいた。夜の十時を過ぎればダラダラも通らない。ドクターはこんな遠くから、こんな真っ暗ながたがた道を、公道まで自転車を押し、あるときは夜中の十二時に、あるときは明け方の四時に、私に注射を打ちに通ってくれていたのだ。

つまり私は、そんなドクターをなじっていたのだ。

私は本当に自分のことしか考えてなかった。暗い夜道を歩きながら、ドクターが毎日同じ顔で来て、私のわがままを淡々《たんたん》と受け流してくれていたことを思い出し、ありがたさで胸がつまり、自分のおこないが恥《は》ずかしかった。私はドクターに心から詫《わ》びた。ドクターはまたなんでもないさというような顔でこう言った。

「病人なんて誰でもそういうものさ。自分が苦しいときは皆《みな》、自分のことで精いっぱいになる。そんな病人のわがままをいちいち気にしていたら、医者なんてやってられないよ」

ドクター・ハミシィは、それ以来我々の主治医であり、命の恩人であり、大切な友人である。この数年のあいだに子どもが一人増え、四人の子持ちになった。借家から出て、念願の家を建て始めて三年目、まだ完成していない。セメントを一袋買い、板を五本買いしながら建てているからだ。彼の家に遊びに行くたびに様子が変わっている。台所に屋根がつき、水道がひかれた。ドアがなく、布がかかっていただけの部屋にドアがつき、見上げると直接屋根だったところに天井《てんじょう》がついた。

ドクターの口癖《くちぐせ》は、「真面目《まじめ》に働けば、絶対に夢は叶《かな》うんだ」。といっても、プライドの高い彼は、金にものを言わせて彼を呼びつけるところには絶対に行かない。「いくら金になっても、人間を対等に見ないやつらは大嫌《きら》いだ」。貧乏《びんぼう》で金がはらえない人には、「金はいつでもいいよ」とあっさり言う。そんな彼の腕と人柄《ひとがら》で、病人は彼のいる診療《しんりょう》所に集まってくる。

サマッドも、毎日様子を見に来てくれた。最初のうちサマッドは、すぐ治るさと断言しては帰って行った。でもどの薬も効かないと知って、だんだん真剣になってきた。

解熱剤《げねつざい》を止めて、生薬ムアルバイネを使ったとき、サマッドが毎日カゴいっぱいの葉っぱをガサガサいわせながら持ってきてくれた。それを看病に来てくれていたファトゥマが、大鍋《おおなべ》でぐつぐつ葉を煎じる。薬臭《くさ》いような青臭いような匂《にお》いだ。湯がすっかり茶色になるまで煮《に》こむと、大鍋を部屋に持ってきてくれる。私は小さな丸椅子の上に座り、頭からすっぽりカンガ（東アフリカの民族衣装《いしょう》・カラフルな綿布）を被せられる。

湯気の立つ大鍋は私の足元だ。青臭い蒸気が布を被った私に当たり、みるみる汗だくになる。ファトゥマは布のあいだから手だけ入れ、大きなしゃもじでときどき葉をひっくり返す。そのたびに熱い蒸気がのぼり立つ。蒸気が上がらなくなったら終了、その青臭い湯を体に浴びてまたベッドに戻る。たっぷり汗を流すと、自然に熱が下がり（といっても三十八度台）軽い睡魔《すいま》がやってきて、ひとときマラリアの悪夢から解き放たれた。

私が静養を終えて日本から帰り、久しぶりにマリンディに行くと、あちこちから、「おーい、もうマラリアはなおったのかい？」と声がかかった。

マリンディにもあちこちにムアルバイネの木が生えている。ブンゲが私に向かって言った。

「ユミコ、君を助けてくれたムアルバイネの木にお礼を言ったかい？　チーフはこの木からも葉っぱをとってたぜ。俺も何度か手伝わされたけどな」

ボスのサマッドは、毎日自分の子分に手伝わせて、カゴいっぱいの葉っぱを摘《つ》んでいたそうだ。マリンディのボス、いつもかっこつけてるサマッドが、どんな顔でムアルバイネの木から葉っぱを摘んでくれていたのだろう。

今もムアルバイネの木を見るたびに、でかい体のサマッドがマリンディの子分たちと一緒に葉っぱを摘んでいる様子が目に浮《う》かんできて、思わず木の前で立ち止まってしまう。私はいったい何人の人によって助けられたのだろうか……。

島岡は、柔道の練習を休んだことがなかった。彼自身、熱が出ようが、体調が悪かろうが、道場に通っていた。私がマラリアになっても、途中《とちゅう》までは休まずに行っていた。しかし、私のマラリアが長引き、状態が悪くなって初めて柔道を休んだ。絶対に練習を休まないセンセイが道場に来なかった。それだけで弟子たちは、私の容態を察した。

一九九三年のザンジバル柔道チャンピオンのロバートは、百八十八センチの長身、タンザニア軍隊の軍曹《ぐんそう》だ。タンザニアでは、高校を卒業した青年は男女共半年間、田舎での共同生活をし、畑仕事から森の中での訓練を通じて心身を鍛《きた》えられる。その訓練に参加した者だけが公務員資格がもらえて、政府関係の仕事に就く権利が与えられる。ロバートはその教官を兼ねている。

ふだんはぼろい服を着て、キコキコ一時間半も自転車をこいで道場に通っているが、たまに日中仕事で街に来ると、長身をびしっと軍服で固めて島岡に会いに来る。隊の中では鬼《おに》軍曹と異名を取るロバートも、島岡の前では一人の弟子、えらぶらず、練習熱心で、道場での人望も厚かった。

ロバートはその日も、眉間《みけん》に皺《しわ》を寄せて沈痛《ちんつう》な顔で、長身を折り曲げるように私の顔をのぞきこむと、いつもの挨拶《あいさつ》をした。

「ユミコ、ジャンボ。ハバリヤコ?」(こんにちは。調子はどうだい?)

そのときはもうすでに、一番きつい薬を投与した後で、マラリアは治らず、副作用はひどく、最悪のときだったので、私は思わずこう答えた。

「バヤ・サーナ」(最悪)

すると、ロバートは真剣な表情で私にこう言った。

「バヤ・サーナなんて言っちゃいけない。ムズリ（良い）って言うべきだよ」

「この状態でどうやってムズリなんて言えるの？　そんならそっぽちな挨拶だったら、しない方がましだわ。大体ロバートだって、今の私の状態を見ればムズリじゃないことぐらいわかるでしょ」

私はなんだかむしょうに腹が立って、ロバートに突っかかった。ロバートはそんな私に対し、穏やかにこう続けた。

「ユミコは今『バヤ・サーナ』の状態じゃないよ。こうやって今日も生きて、俺と会っているじゃないか。ユミコが生きているからこうやって会えたんだぜ。俺だけじゃない。ユミコは今日も会いにくる人みんなに会えるんだぜ。それでなぜ『バヤ・サーナ』なんだい？　神様が君を生かしてくださってるから、今日も君は人と会えるんだぜ。ありがたいことじゃないか。『ムズリ』なことじゃないか」

私はロバートの言葉が嬉《うれ》しかった。本当にありがたかった。目から鱗《うろこ》が落ちる思いだった。そして、自分のわがままな姿が、恥ずかしくて恥ずかしくてたまらなかった。生きていることがすでにありがたく、感謝に値する、そんな謙虚《けんきょ》さが、私にはこれっぽっちもなかったのだ。

マラリアがいっこうに治らず、毎日襲ってくる強烈《きょうれつ》な頭痛と高熱の中で、夢とうつつを行ったり来たりしながらすごしていた私は、ある日突然このマラリアの意味がわかった。私の頭の中にはまるで映画のように、今まで島岡をばかにしたり、反抗《はんこう》したり、信じなかったりした場面が浮かんできた。

毎日、大した用もないのにやってくるザンジバルの人びとを受入れるのはもうごめんだと、食ってかかったこともあった。「次から次へと知らない日本人が来るのは、島岡さんのせいだ」と、何度もヒステリーを起こした。

「志さえあれば」なんて言っているけど、結局は行きづまる日が来るんじゃないか、と心の中で思ってもいた。私一人納得させられないのに、人に「本当の人間とは」を説いてるなんて、と白けた目で見ていたときもあった。きつい言葉の裏側にある思いやりに気づかず、もっと優しい人と一緒になればよかったと、思ったことすらあった。

あのときも、このときも、あの場面も、この場面も……。それをどうやって詫《わ》びたら許してもらえるのだろう。私は頭が混乱し、ただただ、「島岡さん、ごめんなさい。今まで信じてなくてごめんなさい」と繰り返していた。このマラリアは、何年も彼をばかにし、ことあるごとに反抗し、信じていなかったことへの天罰《てんばつ》で、天が私をもう一度許して、やり直させてくれるなら、そのとき初めて島岡の妻として生きていけるような気がした。しかし、許してもらえず、このまま死んでしまうような気もした。

私は幸いにも生かされて、今日に至っている。

島岡はマラリアが治った私に、「これでやっとおまえも島岡由美子になったな」と言ってくれた。

結婚《けっこん》以来長く続いていた私の反抗期も、これを機に終わった。私は、このときやっとスタート時点に立てたのだ。

マラリアは、私の体をがたがたにしたが、私の思い上がった心も砕《くだ》き、人の中で生きていられることへのかぎり無い喜びと、島岡といるからこそこの人間関係の輪の中にいられるありがたさ、そして、人はだれもが天から生かされているということを教えてくれた。

あい十七歳

日本からやってきた少女

マラリアからすっかり立ち直り、日常生活にもどっていたある日、ずっと音沙汰《おとさた》のなかった友人から突然《とつぜん》手紙が届いた。娘《むすめ》が高校に入学したものの、いじめにあって六月から登校拒否《きょひ》の末、二学期には退学。そのまま家にいて、なにをするでもないまま十七歳《さい》になってしまった。毎日家に閉じこもり、生活になんの目的もない娘を、自分も妻もどうあつかっていいのかわからない。とりあえず日本とまったく環境《かんきょう》の違《ちが》うアフリカに行けば、娘も変わるかもしれないので、預かってほしいという内容だった。

私たちは、その娘が小学校五年生のときに一回だけ、ちらっと会って挨拶《あいさつ》を交わしたことしかない。寝耳《ねみみ》に水とはまさにこういうことを言うのだろう。しかし、島岡のことだから、頼《たの》まれたものを断るわけにもいかない。私としては大人ならまだしも、未成年者を預かるのは不安だったが、結局引き受けることになった。

そんないきさつで、あいが、ザンジバルにやってきた。

彼女《かのじょ》には表情がほとんどない。口数が少なく、笑い声もほとんど聞かれない。あいには、生まれながらに、顔の筋肉があまり動かず、片方の耳は聞こえず、もう片方は補聴器《ほちょうき》をつけてやっと聞こえるというハンディがあった。しかしそのほかはまったく正常、小学校では合唱と陸上をやっていて、陸上では短距離《たんきょり》の選手だった。

あいはこう言った。小学校でも中学校でも、やっと慣れて友だちができると、クラス替《が》えや卒業になってしまった。高校に入ったら、休み時間に違うクラスの生徒まで来て、あいの顔をじーっと見るようになった。「なに見てるの？　なに笑ってるの？」と聞くと「あいのことじゃないよ」とはぐらかす。だんだんその人数が増えていった。ほかのクラスメイトたちは、知ってて知らんふりをしていた。

「初めは頑張《がんば》っていたけど、このまま一年過ぎて、また慣れたころにクラス替えになる。そうしたらまた一から友だちを作らなくちゃいけない。それは高校を卒業したって続いていく。そう思ったらがくっと力が抜《ぬ》けちゃって、学校に行く気がなくなっちゃったんです。私は、今までずっと頑張ってきた分、自分で自分の心に休みをあげたかったんです」

小学校低学年のころ、やはり外見のことでからかわれ、あいは家に帰って泣いた。母はあいを抱《だ》きしめ、「ごめんね、ごめんね、こんなふうに産んじゃってごめんね」と泣きじゃくった。あいは子ども心に、母には自分の障害のことを話すのはやめようと誓《ちか》った。そのときからあいは、いじめられても家族の誰《だれ》にも言わなくなったそうだ。

まわりはみんな、あいに気を遣《つか》い、上二人の姉は呼び捨てされるが、あいだけは誰からも「あいちゃん」と呼ばれ、いつまでも子どもあつかいだった。よくしゃべる姉二人に囲まれ、「あいちゃん、これ食べるでしょ」「あいちゃん、これ好きでしょ」……家にいたら言葉など必要としない。うんうんうなずいていたら、日常がとどこおりなく過ぎていく……。

二週間ほどかかってあいからひと通り話を聞いた後、島岡はまず、あいに聞いた。「あいはこれからも障害者として、かわいそうがられて生きたいのか、一人のふつうの人間あいとして生きていきたいのか、どっちなんだい？」

あいはビクッとして島岡の顔を見つめると、しばらくしてポツンと言った。

「ふつうの人間として生きたいです」

島岡は続けた。「今までのあいは、まわりからかわいそうがられ、特別あつかいされることに慣れている。この二週間一緒《いっしょ》にいて、あいが喜んでいるのかつまらないのか、美味《うま》いのか不味《ま》いのか、ほとんど俺《おれ》にはわからなかった。なぜならあいが表現しないからだ。顔の筋肉が動かないのは仕方ない。それなら違うかたちで表現しなくちゃ、他人にはわからないだろ。自分の気持ちを人に伝えるってことだって、相手に対する思いやりなんだぜ」

人は体全体で表現する。顔、手、声、……あいには、一番伝えやすい顔の表情が極めて乏《とぼ》しい。だからこそあいは人に自分の思いを伝えるとき、違う表現方法を自分で考えなければならないはずだった。でも、今まで誰もそんなこと言わず、まわりは口をそろえて「あいちゃんはそれでいいのよ」と言っていたらしい。

あいはスポーツが好きだということだったが、そのときは、ザンジバル大統領選挙の影響《えいきょう》で青空柔道《じゅうどう》が閉鎖《へいさ》されていたので、島岡の提案で、私とあいは女同士で腹筋やスクワットをやることにした。

しばらく運動をさぼっていた私は、久しぶりなので情けないことに「えいっ」「よいしょっ」とかけ声をかけ、顔をゆがめないと、起き上がれない。後半は腹筋がぶるぶる震《ふる》え、なかなか起き上がれない。声も、「フッ」「クッ」ときつそうだ。あいも、ま、声と体に反して、顔は実に涼《すず》しげなのだ。それがあいの持つ障害だとわかったとき、島岡はああいったけれど、あいが自分を表現するのは大変だろうなあと思った。なぜなら、喜怒《きど》哀楽《あいらく》という顔の表情は、自分で意識しなくても自然に顔に出るものだから。

ここザンジバルには、日本でいう障害者があちこちにいる。

葉っぱやがらくたで体を飾《かざ》りたてた人が、そこらでぷらぷらしている。

足の萎《な》えた人が松葉杖《づえ》で、手こぎ車椅子《いす》で、またはでこぼこ道を直《じか》に手ではいずっている。

小人症《こびとしょう》の人が元気に役所で働き、ディスコに行けば、手足が麻痺《まひ》した人も楽しそうに体を揺《ゆ》らしているし、ふざけて足の悪い人の真似をして、カクカクした動きのダンスをして皆《みな》を笑わせる兄ちゃんもいる。それを見て、足が片っぽ短い人も、腹を抱《かか》えて笑っている。

口がきけない青年が市場で明るく働き、きのうサッカー観に行ってどうだったなんて話を、身ぶり手ぶり、言葉にならない音を発しながらお客さんと話している。「おっ、そうだったのか」と客の方もごく自然だ。

目の見えない人が歩いていれば、穴ぼこや道路を横切るときだけ手を貸し、声をかける。

車椅子の人が段差に困っていれば、ボールけりに熱中していた子どもたちが四、五人かけよって、おみこしのように楽しそうにわいわいと力を合わせて持ち上げる。その後はまたなんでもなかったようにボールに向かって走っていく。そんな光景を見ても、別に誰も子どもをほめないし、車椅子の人だって別にありがとうを連発したりしない。ごくあっさりしたものだ。なぜならそれは、まったく当たり前のことだから。

でも、日本はそうじゃない。見目形《みめかたち》の違う人がいたら好奇《こうき》の目で見る。なにか手伝ったりしたら、自分はすごくいいことをしたような気持ちになる。家族は恥《は》ずかしがり、家の中に隠《かく》そうとする。障害者は障害者で固められてしまう。

ザンジバルには、日本にはない本当の地域社会のあり方がある。すべての人間が、それぞれの姿のままで堂々と生きている。

私は、アフリカに来て、こういう障害者に対する自然な対応や、障害者というか弱者を排除《はいじょ》せず、社会の中にひっくるめて取りこんでいく地域社会のあり方について、すごくいいなと感じていたので、あいが来ることになったとき、こういうザンジバルの人びとのあり方を見て、自然に受け止めることができればいいなと思っていた。

ここでのニックネームは、背や鼻の高低から始まり、目や耳や髪《かみ》、手足の身体的特徴《とくちょう》から障害までふくめて、日本語に直訳するとギョッとするような、ズバリそのものを表現している名称《めいしょう》が多い。それなのに、呼ばれる人は当然のような顔をして、とくに嫌《いや》がるわけでもない。日本でそんなふうに呼ばれたら大変だ。日本では、人と違う部分があると大いに悩《なや》む。体型で心を悩ませ、鼻ぺちゃ、目の大小といった顔の造作を気にしてため息をつく。

しかし、ザンジバルの人は、自分の見た目に対して、どの人も自信を持っているように見える。チビと呼ばれようが、デブと呼ばれようが、「おう、俺はチビだよ。それがどうかしたか」くらいの感覚のような気がする。そこには「神様から授かった体だ。なにか文句あるか？」という考えが前提にあるようだ。

「アラーがこの世に自分を生かせてくれているのと同じように、目の前にいる相手も、アラーがこの世に生かしてくれている対等の存在だ。外見の違いはあっても、同じ人間同士さ」。ザンジバルの人は、こんなことをさらりと言ってのける。

あいにとって、アラーうんぬんは関係ないが、障害のある人も、ない人も、同じ一人の人間、だからみんな堂々と胸を張って生きていればいいんだ、というザンジバルの人びとの心意気を、彼女はしっかり受け取った。

思いやりと志と……

あいは、初めて島岡から「障害者としてかわいそうがられて生きていきたいのか」「顔が動かないのはしかたない」と言われたとき、そんなふうに人から面と向かって言われたことがなかったから、とてもショックでその日は眠《ねむ》れなかったと、後になって言ったが、「でも、あれが私にとっての原点でした」とも言っていた。

「ザンジバルに来て、マヒした足の甲《こう》で、体をがっくんがっくん揺《ゆ》らしながら、がたがた道を靴《くつ》もはかずに裸足《はだし》で歩いている人を見て、すごく驚《おどろ》きました。日本だったら絶対そんな人は外を歩いてないです。

口のきけない人が市場で物を売っていたり……なんかそういう姿すごく素敵に見えました。こんな小さな街なのに、障害をもってる人いっぱいいるんですね。でも、本当はそういうものなのかなあ」

あいがそうつぶやいたとき、私はとても嬉《うれ》しかった。なぜなら、あいは島岡の言葉と、ザンジバルの人びととの生き方を体ごと受け止め、人生最大のショックに眠れぬ夜を過ごしながらも、自分の中で必死に消化したことがよくわかったからだ。ありのままの自分の姿を見つめ、それを受け入れる。それは、ときとしてとてもつらい作業だ。私だって本当は自分の欠点や欠陥を見つめたくはない。しかし、その作業なしでは次の段階に行けないことも、そして島岡があいに、荒療治《あらりょうじ》とわかってあえてその言葉を投げつけたこともよくわかったので、「あい、頑張って！」といつも心の中で思っていたからだ。

あいの話を聞いていると、アフリカに来るまで、自分の体力に相当な自信を持っていることがわかった。また、あいの話の中での比較《ひかく》対象は、いつも家族だった。歌が一番うまいのは、足が一番速いのは、英語が一番できるのは、料理が一番うまいのは……しかし、あいの持っている自信は、私たちから見ると、非常に狭《せま》い世界でのことに思われ、それに寄りかかっているかぎり、あいに新しい世界は開けないだろうと感じられた。

しかし、ザンジバルの生活の中で、そのプライドは自然にこなごなになっていったようだ。

あいは、暑いザンジバルの日差しに耐《た》えられず、ただ市場に行って帰ってくるだけで、ベッドに倒《たお》れこんだ。

あいの滞在《たいざい》中、一緒に水くみをした。アブダラ、島岡、あい、私の四人で、アパートの四階までのバケツリレーだ。私たちはみんな慣れているが、あいは、バシャバシャ盛大に水をこぼしながら階段を必死で上がる。アブダラは笑いながら階段をかけあがる。ワンピースを汗《あせ》と水でびしょびしょにしながらよろよろと上がってくるあいを見て、島岡は笑いながら「あい、もういいよ」と言った。

水くみが終わったとき、あいはこうつぶやいた。

「水って重いんですね。部活の練習よりよっぽどきつかった」

その晩、島岡は、あいに言った。

「世の中に、足の速いやつはいくらだっている。歌がうまいやつだっていくらだっている。あいも対象を家族の枠《わく》に留まらせず、そろそろ外に目を向けてみな。そうしたら初めて自分の姿が見えてくるから。

人は等身大の自分を見つめるところから始まるんだ。そのとき、自分を卑下《ひげ》することもなければ、大きく見せる必要もない。そして、常に今の自分の少し上を目指していけ」

あいは、少しずつ自分の思っていることを言葉にするようになった。それでもやっぱり私からするともどかしく、つい先に先にと手を出したり、聞かれる前から説明したりと、おせっかいを焼いてしまう。そんな私に、島岡は「あいから聞いてくるまで余計な説明するな」と厳しく言った。

三人でいるときのあいは、それなりに話したり自分から尋《たず》ねたりするようになってきた。また私たちの方も、ほとんど一日中一緒にいるので、あいの好みや表情をこっちである程度読み取れるようになってきたが、あいとザンジバルの人だけになってしまうと、てんで気持ちが通じなかった。

漁師のヌンダが、あいを自転車の後ろに乗っけて、友だちの家や自分のお気に入りのビーチに連れて行ってくれた。

帰ってくると、あいは、すごく楽しかったと私たちに報告した。しかし、ヌンダは翌日心配そうな顔でやってきて、「あいは全然楽しくなさそうだったんだけど、俺なんか悪いことしたかな」と聞いていた。

あいがザンジバルを出る前日に、アーティストのムチが、ザンジバルをイメージして描《か》いたオリジナルのTシャツを持ってきてくれた。

「アサンテ・サーナ」（どうもありがとう）。あいはさほどうれしそうでもなく、あっさりとそう言った。ムチは、なんとなく肩《かた》すかしを食ったような表情で帰っていった。しかし、その晩「きょうムチから手作りTシャツを受け取ったとき、うれしくてうれしくて胸がいっぱいになったんです」とあいが言った。

私自身、あいがそのときそんなに喜んでいたなんて全然わからなかったので、びっくりした。島岡は、あいにこう言った。

「じゃあどうしてそれをムチに表現してやらなかったんだ？　そんなにあいが喜んでいるってわかったら、ムチだってどんなに嬉しかったか。それが人に対する思いやりってもんだろう。あいのムチに対する『アサンテ』の言葉には、なんの感情もこもってなかったぞ。あい、いつまでも人から与《あた》えられるだけの人間じゃ、だめだぞ」

あいが三カ月の滞在を終えて、ザンジバルを発つ日が来た。空港で見送る際、島岡は、あいにこう言った。

「あい、一人でこの三カ月、よく頑張ったな」

あいは、そのときも無表情だったが、最後に搭乗《とうじょう》ゲートで私たちの方をふり向くと、「ありがとうございました」と言って、そのいつもと変わらない表情から涙《なみだ》をぽろぽろこぼした。それは、私たちが何百人も見送ってきた人びとの誰よりも深く熱い、心にしみる一言だった。

私はその姿を見た瞬間《しゅんかん》に、私はあいの心の中をちっともわかってやれなかったという思いでいっぱいになり、後悔《こうかい》の涙がとまらなかった。運転しているサマッドは、ゲートロまで行かずに別れたので、あいの万感の思いの一言を聞いていない。「あいが帰ったぐらいで、いつもは泣かないユミコがなんで泣いているんだ？」という不思議そうな顔で見ていた。

私が考えていたよりも、もっともっとあいはいろんなことを感じていただろうに……と後悔し続ける私に、島岡はこう言った。

「仕方ないさ。あそこまでぎりぎりにならなきゃ自己表現できなかったのは、あい自身なんだから。あとは日本に帰ってからがあいの本番だろう。俺たちにできるのはここまでさ」

日本に帰ったあいから、長い手紙が届いたのは八月の終わり。

「私が島岡さんから学んだことは、思いやり、志、等身大の自分を見つめること、魅力《みりょく》的な人間であることとです。この四つはいつでもつながっているものだと私は思います。でも私が一番最初に実行することは、等身大の自分を見つめることと、志だと思いました。等身大の自分を見つめ、志を正したとき、人は魅力的になり、本当の思いやりを持った人間になれるのではないかと思いました。……」

日本に帰ったあいは、自分の思いを伝えるべく、しゃべってしゃべってしゃべりまくったそうだ。志を持つこと、思いやり、等身大、向上心……パンティが見えそうなミニスカートをはき、アフリカに来る前のあいのようになんの目標も持てない友だちにも、「それじゃあいけない、志を持つのよ！」と熱く語ったが、友だちを納得させることができなかった。その子のことを一生懸命《けんめい》思いやって話したのに、どうしてでしょう、と手紙に書いてきたあいに、島岡はこう返事をした。

「あいの言葉が、自分の行動に裏づけされたものじゃなくて俺の受け売りだから、友だちも、

『あい、急になに言ってんの?』という反応になるのだろう。あい、まずは当面の目標を持って、自分を磨《みが》けよ」

自分を磨くと言葉で言うのは簡単だが、それは人生そのものであり、果てしのない作業だ。あいは、朱《しゅ》に交われば赤くなる日本の環境の中で、少しずつその作業に取り組み出した。

あいからの最新便にはこう書いてあった。

「アフリカをはなれてからもう三年めになりました。私は、これまでにない学校生活を送っています。定時制は楽しいです」

「あい、タンザニアの学校も楽しいよ!」

ザンジバルのストーンタウンは街全体が世界遺産。見事な彫りが施されたザンジバルドアのある狭い路地を通って、登校する子どもたち。

アフリカから、あなたに伝えたいこと——あとがきにかえて

「はじめに」で書いたように、島岡は、私に志とはなにかを教えてくれた人であり、そして、奴隷《どれい》制度、植民地政策後も、援助《えんじょ》に名を借りた経済的植民地に陥《おちい》っているアフリカ諸国において、アフリカ人による真の独立を目指すアフリカ独立革命を掲《かか》げる革命家です。

本文にも書きましたが、彼の言う革命とは、武力闘争《とうそう》うんぬんということではありません。アフリカには、圧倒《あっとう》的な貧しさの中で、働く場を探そうにも働く場がない人たちがたくさんいます。植民地から独立したといっても、経済はすべて先進国に牛耳《ぎゅうじ》られ、植民地時代に作らされた換金《かんきん》作物や鉱物資源などの原材料をいまだに安く買いたたかれ、逆に加工製品を高く売りつけられているのが現状です。

二十一世紀の今でも、アフリカ諸国において、良き大統領の条件は、「どれだけ援助金をたくさんもらえるか」。それは、援助に頼《たよ》る以外、国として生き延びる道がないという考えが根底にあるからです。アフリカ大陸にある国すべてが、そういった援助に頼る姿勢から脱皮《だっぴ》したときにこそ、初めてアフリカが独立したと言える。それをやるために自分は生きているというのが、彼の持論です。

志とは、希望とか夢といった、いつの日か叶《かな》えられたらいいなといった淡《あわ》いものではなく、実践《じっせん》の継続《けいぞく》、積み重ねの中で果たしていくものであり、言葉で飾《かざ》っているだけではなんの意味もないという島岡のアフリカでの実践を、いつも間近で見続け、いえ、「見続け」というような客観的にいられるほど甘《あま》いものではなく、思い切り渦《うず》に巻きこまれる中で過ごしてきた私の目から見た島岡の

歩みと、そのときそのときに感じたアフリカ観を、いろいろなエピソードとともにまとめたのが、二〇〇三年に朝日新聞社から出版された『我が志アフリカにあり』でした。それに、写真を入れて、バラカから出版したのが、『我が志アフリカにあり 新版』です。

「この志の本を、中学生以上の読者向けにまとめなおしてみませんか」という提案をいただいたのは二〇一九年春のことでした。

元号が、平成から令和に変わる時期になって、加筆修正して若い人向けに編みなおして出版することになるとは夢にも思ってもいなかったので、少しとまどいました。

でも、この展開は、そういった若い世代の皆《みな》さんに、島岡や私たちのまわりのアフリカの人たちの様子を伝え、それぞれがご自分の志について考えるきっかけづくりをすることが、今の私の役割であり、天命なのかなと感じ、お受けすることにしました。それに気づかせてくださったかもがわ出版の天野みかさん、そして、私に執筆《しっぴつ》を進言し初著の出版に導いてくださった池内健次氏と柴野次郎氏に、心から感謝しています。

「中学生」ではなく、「中学生以上」という読者層を考えたとき、電車に乗るのも大人運賃になる年代であり、昔なら元服して立派な大人になる世代から上の幅《はば》広い世代に向けた本であり、いわゆる子ども向けの本ではないなと感じたので、言葉使いをわざわざ直したりはしませんでした。

アフリカ独立革命という志のもとで

島岡は、父親の影響《えいきょう》で、幼稚《ようち》園のころから、すでに「貧しい人のために生きる革命家」の道を志し、それに向かって真っすぐ進みながら生きてきました。フリーライターとして五年ほど世界の情勢を見てまわる中で、とくにアフリカの状況《じょうきょう》を把握《はあく》した後、日本で待っていた私と結婚《けっこん》して、あらためてアフリカ入りし、拠点《きょてん》をタンザニア・ザンジバルに定めました。

南アフリカのアパルトヘイトという名の元におこなわれていた人種隔離《かくり》政策打倒《だとう》を掲げ、南アフリカの情勢を見渡《わた》しながら、アフリカの人びととの考えを知るという目的と、そこの国の人びとに働く場を作るという二つの目的で選んだ拠点でした。そして、ローカル産業の推進と職のない人たちへの職場の確保という目的で、一九八八年より漁業を始めました。

その後、時代の流れの中で、マンデラが長年の投獄《とうごく》を解かれ、南アフリカ大統領に就任したことで、実質的な差別問題は別として、制度としてのアパルトヘイトはなくなりました。

つまり、その時点で、島岡が第一に志していた南アフリカのアパルトヘイト制度の打倒という目標は一応の終結を見たわけです。それにともない、南アフリカの情勢が見渡せるタンザニアに住む意味も失ったかのように映りました。

島岡の志を聞いていた人の中には、「これで革命児がアフリカにいる意義がなくなってしまった」と言う人までいましたが、島岡は、タンザニアに残り、さらにいろいろな方法で、働く場を増やし、アフリカの人びとの自立を目指していくというかたちで、アフリカ独立革命を進めていくことを選びました。

私たちは、その後も、多方面に活動を広げながら、アフリカ独立革命の道を歩んでいます。その歩みの中で、カクメイジ号は七隻《せき》になり、働く人も二百人以上になりました。続いて、一九九二年からは、漁業に並行して運送業を始め、トラック、クレーン車、乗合バス、タクシーなど、幅を広げてきています。

また、このようなローカル産業（漁業、運送業）と並行して、経済的植民地からの脱却《だっきゃく》とともにタンザニアの経済発展の一翼《よく》を担おうという大義名分の元、タンザニアならではの製品、インスタントコーヒーの輸出から始めたアフリカ製品輸出プロジェクトも、二十年の継続の中で、コーヒー・紅茶・カシューナッツ・香辛料《こうしんりょう》などの食品、カンガ・キテンゲといった綿布製品や各地方の伝統工芸をふくめた雑貨、といった具合に輸出品目を増やしてきました。

また、地元のアーティストたちに頼まれたことがきっかけで、二〇〇五年からは、ティンガティンガ・アート（一九六〇年代後半にタンザニアで誕生した現代アート。アート名は、創始者エドワード・サイディ・ティンガティンガの名に由来し、六色のエナメルペンキから織りなされるカラフルな色調で、タンザニアの豊かな自然や動物、人びとの生活を明るいタッチで描《えが》く、独特な世界観のあるアートです）を通したタンザニアの文化紹介《しょうかい》もふくめて展開中です。


こういったそれぞれの活動を、島岡のアフリカ独立革命的見地から言うと、次のようになります。

漁業、運送は、職のない人びとに働く場を作り、働くことで自分たちの家族を養い、自立していくというローカルな範囲《はんい》での経済、意識革命。

アフリカ製品輸出は、援助ではなく対等な貿易をすることで、原材料産出国としての立場に留まらず、自国製品が外国に通用するというプライドを持つという意識革命であり、原材料の輸出しかなかったタンザニアで、自国の製品輸出によって世界市場に食いこみ、国に外貨をもたらそうという経済革命。


産業推進とは別に、ザンジバルの若者に請《こ》われて、島岡が、畳《たたみ》も柔道着《じゅうどうぎ》もない文字通りゼロから始めた柔道がありますが、島岡は、柔道のナショナルコーチとして、ザンジバル柔道連盟名誉《めいよ》会長として、日本柔道の根本である礼節、自他共栄の精神とともに、世界に通じるスポーツである柔道を教え続けています。

もちろん柔道に経済効果はありませんが、肉体的鍛錬《たんれん》としてだけではなく、精神面を重視し、人間的修養という側面をあわせ持つ武道を通じての精神革命として、やはりアフリカ独立革命の中に組みこまれています。

青空道場の十年を経て、二〇〇二年に、ザンジバル武道館という屋根つき道場を建ててからは、天候に左右されずに練習ができるようになり、二〇〇三年からは、念願だった国際大会にも出場するようになりました。

青空道場初期の弟子たちが引退して、自分の道場を持つようになったり、十歳《さい》に満たないうちに入門してきた子どもたちが、大きく、強く成長し、ナショナルチーム・メンバーに選ばれたりもしています。そんな経緯《けいい》をふくめて、『続　我が志アフリカにあり』につづってありますので、そちらも読んでいただければと思います。

その後、二〇一四年には、ペンバ武道館も完成し、ペンバ島でも柔道が始まりました（ザンジバルは、ウングジャ本島とペンバ島とで成り立っています）。

弟子たちの中には、小さな漁村のビーチや畑の一角で青空道場を開いている者もいて、なにもないところからでもできるんだという島岡イズムが、受け継《つ》がれている気がします。

ごく最近のことでは、柔道で、二〇一九年八月に、十六年ぶりに、ザンジバルの選手もふくめてタンザニアから五人の柔道家が世界柔道選手権２０１９東京大会に出場し、日本武道館の畳に上がりました。結果は誰《だれ》も一勝を上げられませんでしたが、よい経験になったと思います。とくに、八十一キロ級のハミシィは、リオのオリンピックチャンピオンと当たるという幸運（？）にめぐまれ、開始十九秒で、お手本のように見事な内股《うちまた》で投げられて一本負けを喫《きっ》し、世界のレベルを体感しました。タンザニアチームのナショナルコーチとして同行した島岡も、このハミシィの試合では、コーチボックスに入ったものの、アドバイスの声を発する間もなく、試合が終わってしまいました。

また、スポーツ面では、長年続けている柔道だけではなく、ザンジバル政府からの依頼《いらい》によって、ゼロから野球・ソフトボールの普及《ふきゅう》にも携《たずさ》わるという新しい展開も始まっています。

新しい展開といえば、柔道の弟子たちが、柔道をしながら生活もしていけるようにという目的で、ザンジバルに整体マッサージとティンガティンガ・ギャラリー「ヤワラ」をオープンし、柔道家たちが運営しています。これは、日本の整体師さんがアフリカの人が自立できるようにと、年に一度ずつ五年にわたって、ザンジバル武道館でセミナーを開いてみっちり伝授してくださった賜物《たまもの》です。

このヤワラでは、ティンガティンガ村からアーティストがやってきてライブペイントをするといったこともあるので、柔道家たちとティンガティンガ・アーティストたちの交流も深まるという副産物も生まれ始めています。

一見無計画でばらばらの事業や活動に見えますが、漁業も、運送業も、柔道も、アフリカ製品の輸出も、その他タンザニアの経済、スポーツ、文化振興に関わることのすべてが、夢の押《お》しつけではなく、アフリカの人たちから求められて始めたことであり、私たちの中では、アフリカ独立革命という志のもとで統一されて矛盾《むじゅん》なくおこなわれている実践の一環《いっかん》なのです。

ザンジバルの変化といえば、観光化による変化が大きいです。私たちがザンジバルに住み始めたころは、観光客お断りのムードで、タンザニア本土のビザを持っていても、ザンジバルでビザを取り直さねばならず、しかも二週間しか滞在《たいざい》できない決まりがあり、ホテルは、ザンジバル全体で十もなかったほどで観光客がいたって少ない島でしたが、ザンジバルのストーンタウンが世界遺産に認定され、観光化が進むと、あっという間に、リゾートホテルが立ち並び、みやげもの屋が増え、観光客がたくさん来るようになりました。

とはいえ、観光化によってザンジバルが潤《うるお》っているのかというと話は別です。外国資本やタンザニア本土からの移住者が増えてはいますが、ザンジバルの地元民の雇用《こよう》がさほど増えるわけではないというのが現状です。

一方、三十年経っても変わらないことの中には、相も変らぬ水不足、停電といったザンジバルの日常や、私たちが今もこの本に出てくる公団アパートの四階に住み、私が今でも、島岡のことを、自分の夫なのに島岡さんと呼んでいることもふくまれます。

慢性的《まんせい》な水不足は、エンドレスな水くみ作業が必須《ひっす》。朝くんで、その日に使ってまたくんでの繰《く》り返しです。水の出る水道に群がる人びと、井戸《いど》を使う人びと、湧《わ》き水からくみ出す人びと、川や池で洗濯《せんたく》をし、牛などの家畜《かちく》を洗い、ついでに自分たちも水浴びをし、水やり用に畑に運び、生活用に家に運ぶという具合に、水を運ぶ作業が、延々と繰り返されています。

水くみは、大人だけではなく、子どもも含《ふく》めた家族のデイリーワーク。私はこのところ、現地の学校を訪問する機会も多くなっているのですが、そのたびに、「学校が楽しい！」「学校に来られるのが嬉《うれ》しい！」「勉強できる時間があるのが嬉しい！」という子どもたちの素朴《そぼく》な喜びが伝わってきます。それはきっと、家では水くみをはじめ手伝わなくてはいけないことがいっぱいあって、自分の時間はなかなかないという背景があるからなのでしょう。

私が島岡と出会ってからはすでに三十五年以上、ともにアフリカに渡り、ザンジバル（タンザニア）を拠点にしてアフリカ独立革命という大義名分のもと、さまざまな実践をし始めてからすでに三十年以上の月日が過ぎましたが、この本では、アフリカに渡って最初の十年間ぐらいのエピソードをつづっています。

もちろん、それからかなりのときがたっていますから、私がつい最近マラリアにかかったわけではありませんし、このときのひどいマラリアから生還《せいかん》した後は、大病もせず、元気に過ごしていますので、ご心配なく。

その一方で、悲しいお別れもありました。私がマラリアで倒《たお》れていたときに、「今日生きていること自体がありがたいこと」と教えてくれたロバートが、ある日突然《とつぜん》倒れ、半身麻痺《まひ》になってしまいました。私たちは、すぐにかかりつけのドクターと一緒《いっしょ》にロバートを見舞《みま》い、島岡が、治療《ちりょう》費は全部もつから医者からの指示に従って治療を受けるようアドバイスしたのですが、ロバートは頑《がん》として受けつけず、「西洋薬は使いたくないです。ザンジバルのダワがいいのです」といって、病院にもいかず、家に呪術《じゅじゅつ》師をよび、牛やゾウの糞《ふん》や生薬を混ぜた薬を焚《た》きこめ、その煙《けむり》で悪魔祓《あくまばら》いをしてもらっていましたが、もちろん、それでは治らず、しばらくして亡くなってしまいました。

また、マラリアやコレラやエイズといった大病ではなく、子どもがちょっと転んですりむいたところから黴菌《かびきん》が入って死ぬなど、もし日本の病院で適切な処置を受けていたら助かっただろうに、と思わずにはいられないような亡くなり方も多いのもアフリカの現実の一面です。

だから、子どもも大人も、死というのは年齢順にくるものでもなく、子どもだからといって自分とは無関係の遠いものではなく、日常の中にあることをよく知っています。

とはいえ、このような中でも、アフリカの人たちの多くは基本的に根が明るく、いつまでもくよくよしないで、たくましく生きていますし、死が身近にあるからこそ、今日を、今を生きている喜び、人と会えることの喜びといった、人間として生きる基本を知っているような気がします。だから、読者の皆さんにも、アフリカのきびしい現状を知ってかわいそうがるのではなく、人びとのそういったたくましさや心意気を感じとっていただければと思います。

十七歳の高校生と、十五歳の中学生

「あい十七歳」のあいは、定時制高校を無事卒業し、銀行に就職したのですが、それは障害者枠としての採用だったので、今度は自分の力で、地元に根ざして人を癒《いや》す仕事をしたいと、マッサージセラピストの資格をとり、現在は独立して、「アモール（ラテン語で、愛）」というリラクゼーションサロンを開いています。また、あいは、「等身大の自分」であるためには、自分の障害ともきちんと向き合わなくてはと思い、いろいろ調べる中で、自分が「メビウス症候群」という先天性の難病だとわかったそうです。

あいは高校生でしたが、中学生がザンジバルに来たこともあります。それは、東京オリンピック2020のタンザニアチームのホストタウンになっている山形県長井市民で構成されたタンザニア訪問団の中にはいっていた二人の中学生でした。

はじめは、消極的でおとなしく、率先してなにかをすることもなく、大人の決めたスケジュールにしたがっていればいいというような雰囲気《ふんいき》の二人でした。初日に空港でグループの荷物を運ぶときも、島岡が連れていた柔道の弟子たちがきびきびと皆さんの荷物を運ぶのをだまって見ているだけでしたが、ザンジバルに着いた二日目の夜、島岡に、「若いんだからもっと興味を持ってまわりをみてみろ。十五歳でアフリカ大陸に連れてきてもらえたなんてものすごく幸せなことだぞ。そして、もっと大人たちを手伝えよ。もう十五歳なんだからやれることがあるはずだろ」と言われてからは、すいぶん変わりました。

荷物を運ぶときはいつもこの中学生二人が率先して運び、野球をやったり、学校訪問のときも積極的に質問したり、得意の剣玉《けんだま》を披露《ひろう》したり（長井市は、剣玉生産日本一なのだそうです）、島岡に「なにかすることはありますか?」と聞いてくる顔は、生き生きしていました。

それは、最初の消極性はなんだったんだろうと思うほどの変化でした。きっと、彼ら自身、「だれもいわないけど、なにをやったらいいのかな、言われないことをやっていいのかな……」と思っていたところだったからこそ、島岡にはっきり言われたことで、すぐにできるようになったのだろうなと感じました。

まわりの状況《じょうきょう》をみて、自分がまわりにとって役立つことをおこなう、とってもシンプルですが、ここに、思いやりをもって生きるということの実践があります。

そして、今の自分にはどんなことができるのかを考え、そのとき自分にできることを精いっぱいする、それが等身大で、思いやりをもって生きるということです。

そのときに、自分なんかにはできないと消極的になりすぎたり、逆に、自分の力を過信しすぎると、等身大から離《はな》れた自分になってしまうので、ちぐはぐなことになってしまうのだと思います。

これは、第一章にも書きましたが、私自身、いい子ぶりっこをしながら大人になったので、よくわかります。

三つの大切なこと

島岡が人生を説くときに、必ず言うのが、「志を立て、人に対する思いやりをもって、等身大の自分で生きる」です。

志とは、決して難しいものだったり、大それたものであったりする必要はないと思います。

社会人になったときに、自分がその仕事をすることで社会のために役立てるようにと志をもって働き、そのあとでお金がついてくると考えるのか、自分の生活のためにお金を得ることだけを考えて働くのかで、人生はまったく違《ちが》ってくるのではないでしょうか。

また、今の時代は、私が日本で過ごしていたころよりずっと、国際協力や国際交流の機会が多くなっていると思いますが、日本を離れて、文化も習慣も違う国で、島岡のアフリカ独立革命という実践が継続できているのはなぜかを考えるとき、島岡自身がやりたいことをやっているのではなく、アフリカの人たちが望んでいること、アフリカの人たちから頼まれたことをおこなっているからだということにいきつきます。

自分の夢としてやりたいことをおこなうのは、現地の人たちにとって、押しつけになってしまったり自己満足に陥ってしまったりしがちですが、志として、相手がなにを必要とし、どのようにしたら本当に彼らのためになるのか、その実践（活動であったり事業であったり）は本当に社会のためになるのか、必要とされているのかを、無私で、本気で考えていく中で道が拓《ひら》かれていき、継続できていくのだと思います。

そこには、自分の力を客観的に見る目、等身大の自分を冷静に見つめることが必要になってきます。思いあがっていないか、逆に自分の力を過小評価しすぎていないか。つまりは、志、思いやり、等身大の自分、その三つがそろってはじめていい方向に道が拓かれるということなのでしょう。

もちろん、アフリカはいい面だけではないですし、日本では考えられないような善悪の基準がはびこっていて憤《いきどお》りを感じることもあれば、相いれない異質な文化を感じてやりきれないこともあります。

それらもひっくるめて、ごく平凡《へいぼん》で、かつ単純人間の私から見た島岡イズムやアフリカでのできごとをつづったこの本が、ご自分の志や、アフリカ、タンザニア、ザンジバルといったところに住む人びとのことを考えるきっかけになれば、こんなにうれしいことはありません。

最後に、私にたくさんのことを学ばせてくれたアフリカの仲間たちに感謝をこめて、一人ひとりの顔を思い出しながら、筆をおきます。

日本初開催のラグビーワールドカップで南アフリカが優勝した日に、ザンジバルにて

二〇一九年十一月二日

島岡由美子

《著者略歴》
島岡由美子（しまおかゆみこ）
1961年名古屋生まれ。愛知県立大学文学部卒。幼稚園教諭として勤務後、1987年に夫・島岡強と共にアフリカへ渡り、以来、ザンジバル・タンザニアを拠点に、漁業・運送・貿易などアフリカの人びとの自立につながる事業や文化・スポーツ振興、交流活動を続けて現在にいたる。自身のライフワークとして、アフリカ各地に伝わる民話の採集に取り組み、日本に伝えている。
http://www.africafe.jp
著書：『我が志アフリカにあり』『アフリカの民話〜ティンガティンガ・アートの故郷、タンザニアを中心に〜』『我が志アフリカにあり 新版』『続・我が志アフリカにあり』絵本『しんぞうとひげ』『アフリカの民話集 しあわせのなる木』

カバー・本文写真　島岡由美子

アフリカから、あなたに伝えたいこと
——革命児と共に生きる

2020年1月20日　初版第1刷発行

著　者　島岡由美子
装　丁　浅井充志
発行者　竹村正治
発行所　株式会社 かもがわ出版
〒602-8119　京都市上京区堀川通出水西入
TEL 075-432-2868　FAX 075-432-2869
振替　01010-5-12436
http://www.kamogawa.co.jp
印刷所　シナノ書籍印刷株式会社

ISBN978-4-7803-1064-1　C0095　Printed in Japan